Kate McMurray

LE MARIAGE BLANC DU MAGNAT GREC

REAMSPUN DESIRES

PUBLISHED BY

REAMSPINNER
PRESS

Publié par
DREAMSPINNER PRESS

5032 CAPITAL CIRCLE SW, SUITE 2, PMB# 279, TALLAHASSEE, FL
32305-7886 USA
www.dreamspinnerpress.com

Le mariage blanc du magnat grec
Copyright de l'édition française © 2018 Dreamspinner Press.
Titre original : The Greek Tycoon's Green Card Groom
© 2016 Kate McMurray.
Première édition : juillet 2016
Traduit de l'anglais par Myriam Abbas.

Illustration de la couverture :
© 2016 Bree Archer.
http://www.breearcher.com
Les éléments de la couverture ne sont utilisés qu'à des fins d'illustration et toute personne qui y est représentée est un modèle

Édition e-book en français : 978-1-64080-644-3
Édition imprimée en français : 978-1-64080-645-0
Première édition française : février 2018
v 1.0

Édité aux États-Unis d'Amérique.

C'était Amy qui avait parlé la première.

— Marketa et moi avons eu une idée folle.

Ondrej s'était installé dans un des fauteuils confortables et avait attendu.

— J'ai cru comprendre que vous souhaitez rester dans ce pays, avait dit Marketa.

Ondrej avait regardé autour de lui.

— Est-ce que vous me proposez un travail ?

— Non, avait répondu Archie. Malheureusement, je ne peux pas me permettre de vous engager à plein temps. Ce serait un arrangement d'un autre genre.

Ondrej avait jeté un coup d'œil à l'homme inconnu dans la pièce. Il aurait voulu demander qui il était, mais il avait été trop troublé pour parler.

— Je vais être franche. Nous contrôlons les antécédents de tous les nouveaux employés, et quelque chose d'intéressant est apparu dans les vôtres, avait dit Marketa.

Ondrej avait compris en un éclair qu'ils savaient pour sa fortune.

— Mon argent, avait-il dit.

L'inconnu s'était penché en avant.

— M. Katsaros souhaite vous faire une proposition.

KATE MCMURRAY est une fan et une auteure primée de romances. Quand elle n'est pas en train d'écrire, elle travaille en tant qu'éditrice de non-fiction, s'essaie à différents métiers et est peut-être un petit peu obsédée par le base-ball. Elle est active au sein de l'association Romance Writers of America et a officié en tant que présidente des Rainbow Romance Writers et à la commission de la RWANYC. Elle vit à New York, dans le quartier de Brooklyn.

Site web : www.katemcmurray.com

Twitter : www.twitter.com/katemcmwriter

Facebook : www.facebook.com/katemcmurraywriter

Remerciements

MERCI à Poppy Dennison de m'avoir convaincue et d'avoir été aussi enchantée que je l'étais de revisiter mon ancienne bibliothèque de collections de romances des années quatre-vingt, qui m'ont servi d'inspiration pour ce roman. Merci aussi à la Brooklyn Public Library d'avoir autant de Collection Azur dans son catalogue. Et un remerciement particulier à Damon Suede, qui m'a aidée pour le titre avant même que ce livre n'ait d'intrigue.

Chapitre Un

— **SIGNEZ** ici.

Ondrej se déroba presque, se demandant s'il ne vendait pas son âme au diable. Archimède Katsaros était certainement l'image même du diable, surtout à la manière dont ses sourcils se rejoignaient maintenant en un angle colérique juste au-dessus de son nez. Son bouc soigneusement taillé s'enroulait autour de son menton, et ses cheveux bruns et bouclés tombaient près de ses yeux. Un beau diable, c'était sûr, mais un diable tout de même.

Malgré tout, Ondrej prit le stylo et jeta un coup d'œil au document sur le bureau avant de relever les yeux vers la clerc.

Les yeux d'Archie Katsaros lançaient des éclairs.

— Pourquoi cette hésitation, mon amour ?

— C'est un moment important, chéri. Je ne faisais que marquer une pause pour bien le savourer.

Ondrej prit une profonde inspiration et signa sur la ligne.

La clerc leur sourit radieusement.

— Félicitations, vous deux ! Je vous déclare maintenant mari et mari, dit-elle en gloussant. Oh, j'adore dire ça ! Embrassez-vous !

Archie souleva un sourcil et se pencha en avant, alors Ondrej lui donna un rapide baiser pour sauver les apparences.

— C'est tellement fade, dit la clerc en claquant la langue. Enfin, je ne peux pas dire que ce bureau soit l'endroit le plus romantique du monde. Je parie que vous allez attendre d'être derrière des portes closes pour faire bien mieux, hein ? (Elle rassembla les papiers qu'ils venaient de signer.) Je reviens tout de suite. Savourez le moment !

— Tu parles d'un moment, marmonna Ondrej.

— Ça pourrait être bien pire.

Ondrej regarda à nouveau en direction d'Archie. Il était d'accord, cette situation pourrait être pire de bien des façons. D'une part, il aurait pu être une femme. Au moins comme ça, Ondrej n'aurait pas à simuler une attirance, même s'il n'avait pas une haute opinion de son mari en tant que personne.

Et dire que trois mois auparavant, avant que son visa de travail n'ait expiré, il avait été un simple interne à Katsaros Holdings, une grande agence immobilière de New York. Ondrej avait seulement voulu avoir quelque chose à faire pendant un été qui n'impliquait pas de se faire crier dessus par sa mère. Il était fainéant, disait-elle, et pourquoi un garçon aussi doux ne voulait-il pas épouser la fille Reznik, dont la famille était aussi riche que la leur ? Il avait donc fui aux États-Unis, pensant qu'il pourrait passer un été avec des petits boulots et des hommes sans le spectre de sa famille planant au-dessus de lui. Il avait une formation en affaires suffisamment solide pour que les gens avec qui il avait eu un entretien à Katsaros se soient pratiquement précipités pour lui proposer un poste à faible salaire. Il avait donc accepté l'internat à court-terme et avait prévu de passer l'été à apprendre les affaires américaines et à faire la nouba en ville avant de retourner à Prague.

Sauf que lorsque l'internat s'était terminé et qu'Ondrej n'avait plus eu de travail, il s'était rendu compte qu'il aimait New York. Il s'y sentait chez lui comme il ne l'avait jamais été à Prague. Il voulait rester.

Entre en scène Archimède Katsaros.

Toute cette affaire d'accepter de se marier n'était pas un acte complètement désespéré, mais Ondrej avait commencé à paniquer après quelques semaines de chômage. L'été terminé, personne n'embauchait, ou sinon il était en compétition avec des universitaires pour qui les employeurs avaient moins de paperasse à remplir pour les quelques jobs disponibles. Quand il avait reçu un appel de l'USCIS [1] lui signifiant que s'il ne trouvait pas de travail dans un délai fixé, il devrait retourner à Prague, Ondrej avait flippé. Il avait consulté la seule personne à laquelle il pouvait penser pour l'aider : son ancienne cheffe à Katsaros Holdings. Elle l'avait poussé vers cette solution plutôt peu orthodoxe.

Cela lui avait semblé fou au début. La première fois qu'Archie avait suggéré ce plan, Ondrej avait refusé. Mais plus il regardait Archie Katsaros – plus son désir pour le beau diable augmentait –, moins l'idée lui semblait insensée.

1 Services de l'Immigration américains.

Ce n'était pas un accord unilatéral. Ondrej avait hérité d'une belle somme d'argent de ses grands-parents, qui avaient possédé une entreprise vinicole en France. Archie avait besoin d'une rentrée d'argent pour soutenir une société qui luttait depuis la mort de son père, car il était maintenant au bord de la faillite, malgré la réputation de la société d'être une corporation solide. Donc en échange du mariage avec Archie pour qu'il reste aux États-Unis, Ondrej avait promis d'investir une partie de son argent dans Katsaros Holdings. Et est-ce que partager son héritage avec un mari ne taperait pas sur le système de sa mère ?

Archie avait trois atouts : c'était un citoyen américain, il était gay et il était super sexy. Cette proposition était la chose la plus irréfléchie qu'Ondrej ait jamais faite, et pourtant elle ne lui semblait toujours pas la pire idée du monde.

Donc maintenant ils étaient là. Mariés.

La clerc revint, un large sourire sur le visage.

— Très bien, M. Katsaros et M… Kovac.

Elle le prononça Ko-vack.

— Hum. Comment dit-on votre nom, monsieur ?

— Comme André. On-dray Ko-vatch.

— Bien sûr. Eh bien. Encore toutes mes félicitations, messieurs. Des projets de lune de miel ?

— En fait, nous… commença à dire Ondrej.

Mais Archie parla plus fort que lui.

— J'ai prévu d'emmener mon mari dans les Florida Keys. Il n'a pas vu grand-chose de ce pays en dehors de New York City et je veux lui montrer autre chose.

— Oh, ce sera charmant. Ma sœur est allée à Key Largo pour sa lune de miel.

La partie légale réglée, Ondrej se disait que maintenant il n'avait plus qu'à s'inquiéter de la manière d'annoncer à ses amis et à sa famille qu'il s'était marié en secret avec son ancien patron.

Alors qu'ils sortaient du palais de justice, Ondrej demanda :

— Nous n'allons pas vraiment en Floride, n'est-ce pas ?

— Si, si tu veux. J'en ai conclu qu'avec le statut fragile de ton immigration, nous devrions probablement rester aux États-Unis jusqu'à ce que la paperasse soit réglée. Il est traditionnel de partir en lune de miel, pas vrai ?

Ondrej soupira. La perspective de passer une semaine ou deux enfermé avec un homme qu'il connaissait à peine l'intimidait.

— C'est… nous n'avons pas à aller où que ce soit. Ce n'est pas un vrai mariage. Et tu m'as dit à peine la semaine dernière que nous n'aurions pas le temps pour des vacances.

Archie fronça les sourcils.

— C'est vrai, dit-il en jetant un coup d'œil à sa montre. En fait, je dois retourner au bureau tout de suite.

Ils arrivèrent au coin de la rue et Archie se déplaça comme s'il allait héler un taxi.

— Quel romantique, dit Ondrej. Passer le jour de ton mariage au bureau.

— Tu ne peux pas avoir les deux, mon cœur, dit Archie en levant la main pour héler un taxi. Soit nous reconnaissons cette imposture et retournons à ce que nous faisions hier, soit nous essayons d'en profiter au maximum. Personnellement, j'ai rendez-vous demain avec un architecte à propos d'un nouvel aménagement et j'ai encore une tonne de travail préparatoire.

Archie avait donc clairement décidé que c'était une transaction d'affaires et rien de plus. Ondrej pouvait faire avec.

— Je plaisantais.

— Bien sûr. (Un taxi s'arrêta.) Tu viens aussi au bureau ?

— Non, je vais prendre le métro pour rentrer, dit Ondrej. Je ferais aussi bien de finir de tout déballer.

ARCHIE était lié du côté de sa mère à de vieilles fortunes de New York, et la maison sur la Cinquième Avenue sur l'Upper East Side avait été transmise depuis quelques générations. Pour une maison dans une ville qui attachait une grande importance à l'espace, c'était trop : tentaculaire et ostensiblement opulente, pleine d'antiquités, de marbre et de lustres – un palace, essentiellement, même si une bonne partie était également poussiéreuse, usée et râpée, un reste d'une époque lointaine. Ondrej supposa que lorsqu'on essayait de renflouer une corporation internationale, il ne nous restait pas beaucoup de ressources à mettre dans l'entretien de la maison, en dehors de Hildy la femme de ménage, qui ne passait qu'une fois par semaine.

Elle était là à balayer le vestibule quand Ondrej entra après le mariage.

— Bonjour, M. Kovac. Bienvenue chez vous.

Ondrej la remercia et se dirigea vers le grand escalier. Après des mois à alterner entre des hôtels et des sous-locations temporaires, c'était étrange d'avoir un endroit à appeler son chez-soi. Et il y avait certainement des foyers pires qu'un manoir de cent quarante ans à New York.

Alors qu'il marchait vers sa chambre, il songea qu'au moins, n'avoir que Hildy au lieu de tout un paquet de domestiques rendait ce petit stratagème en particulier plus facile. Ou grand stratagème. Archie était fauché, mais très peu de gens le savaient. Ils étaient sortis intentionnellement ensemble pour être vus, pour attirer l'attention sur leur coup de foudre pour les pages people, même s'ils s'appréciaient à peine et avaient des chambres séparées à la maison. Les apparitions publiques étaient dues à l'insistance d'Archie, ils n'étaient pas assez importants ou intéressants pour appâter beaucoup l'attention des médias, mais il ne cessait de parler des apparences. Cela aurait semblé commode s'ils n'avaient jamais été vus ensemble avant de se marier. Vivre dans la même maison conférait de la légitimité au mariage. Mais vivre dans la même chambre semblait un peu trop.

Ondrej entra dans sa chambre et inspecta la grande pile de bagages au pied du lit. Ils avaient été livrés le matin, de l'hôtel où Ondrej couchait depuis une semaine. Il avait accumulé une quantité surprenante d'affaires durant ses quelques mois à New York. Il était réticent à en sortir le contenu de ses valises, toujours convaincu qu'il devrait vivre avec ce qu'elles contenaient encore un moment, ne croyant pas que c'était vraiment sa maison. Mais légalement, elle l'était. Le certificat de mariage plié dans la poche de sa veste en attestait.

Mais un mariage avec Archimède Katsaros n'était pas du tout ce qu'il s'était représenté quand il s'était imaginé vivre en Amérique.

La chambre d'Ondrej avait un dressing, évidemment. La personne qui avait construit cette maison n'avait pas regardé à la dépense. Alors qu'il rangeait ses vêtements, il essaya de concilier cette maison géante avec ce qu'il avait vu jusque-là à New York. Il avait logé dans des chambres d'hôtel plus petites que le dressing, des endroits remplis d'insectes et des matelas pleins de bosses même s'ils coûtaient plus d'une semaine de salaire par nuit. Mais cette chambre-là était bien aménagée, bien que simple. Quelqu'un – et étant donné l'âge de l'ensemble, quelqu'un il y a quelques générations – avait dépensé beaucoup d'argent pour équiper cette maison. Comment Katsaros Holdings avait dilapidé la fortune Katsaros et également celle de la mère d'Archie ? Cela avait dû être une fortune considérable si c'était le foyer de la famille. Est-ce que son argent allait simplement disparaître dans le même trou noir ?

— Je pars, M. Kovac ! lança Hildy depuis le rez-de-chaussée. Passez une excellente journée !

La porte d'entrée se ferma avec un bruit sourd. Ondrej était seul dans la maison. Dans sa maison, se rappela-t-il. Ce qui signifiait que même s'il avait toujours l'impression d'être un invité, il pouvait – et devrait – aller l'explorer.

La curiosité le mena droit à la chambre d'Archie. Ondrej l'avait vue en passant quand il avait emménagé, et il avait eu toutes sortes d'attentes. À quoi la chambre d'un tyran raté pouvait-elle ressembler ? Beaucoup de rouge, voilà à quoi il s'était attendu, mais en fait, la pièce était essentiellement beige avec des touches de bleu foncé, décorée avec goût, et dominée par un énorme lit à baldaquin. Il était fait soigneusement, mais bon, Hildy venait d'y passer. Il y avait une énorme commode en acajou ainsi qu'un dressing. Ondrej fut enchanté de voir qu'il était en bazar au lieu d'être soigneusement organisé.

Ondrej fouilla dans la pièce, cherchant un indice sur qui diable Archimède Katsaros était vraiment, mais il ne trouva pas grand-chose. Deux photos se trouvaient sur la commode – sa nouvelle belle-famille, vraisemblablement – et un roman broché abîmé reposait sur la table de chevet, mais autrement, rien ici n'en disait long sur sa personnalité.

Lorsqu'Ondrej bâilla, il conclut que l'essentiel des trucs intéressants était probablement dans le bureau, où qu'il soit. Archie lui avait fait faire le plus bref des tours du propriétaire quand il était arrivé ce matin, mais quatre ou cinq pièces étaient fermées. S'il vivait ici maintenant, n'était-il pas en droit d'aller dans ces pièces ? S'il donnait son argent à Archie, n'avait-il pas le droit de savoir où il allait ?

Bon sang, ce lit avait l'air tentant.

Le lit dans sa chambre avait été fait aussi, mais il n'était pas aussi chouette. L'affreux couvre-lit était probablement dans la maison depuis qu'elle avait été construite. Peut-être qu'après avoir visité la maison, il irait faire un tour pour acheter de nouveaux draps. Mais peut-être que d'abord il allait se coucher sur le lit d'Archie. Juste pour le tester et voir s'il était aussi confortable qu'il en avait l'air. Il allait simplement se coucher, fermer les yeux et…

— Que diable fais-tu ici ?

Ondrej se réveilla en sursaut. La première chose qu'il vit en ouvrant les yeux fut Archie qui le surplombait.

— Désolé. Je suppose que je me suis endormi.

Archie poussa un soupir exaspéré.

— Aux dernières nouvelles, ton lit était dans la chambre au bout du couloir. C'est toi qui as exigé une chambre séparée, n'est-ce pas ?

— Oui, mais…

— Je veux dire, comme c'est une grosse supercherie compliquée de mariage, nous pouvons donc complètement séparer les choses, sauf quand nous devons sortir et prétendre que nous sommes passionnément amoureux.

— Archie, je suis désolé, mais…

— Toute cette affaire est tellement ridicule, putain, je ne peux pas… (Archie leva les bras en l'air et s'éloigna à grands pas.) Qu'est-ce que tu fais là, de toute façon ?

Ondrej ne pouvait pas dire grand-chose pour désamorcer la situation.

— Écoute, je ne faisais que fureter à cet étage après avoir déballé mes affaires, et j'ai vu ton lit et je voulais voir s'il était confortable. Je me suis endormi. Apparemment, il est vraiment confortable.

Archie prit une profonde inspiration et laissa retomber ses bras.

— C'est tout ?

— Oui, c'est tout. Pourquoi ? Tu caches quelque chose ici ?

— Non, mais… c'est toujours bizarre de t'avoir dans mon espace.

Ondrej se redressa lentement.

— Tu ferais mieux de t'y habituer. Nous sommes légalement mariés, et tu m'as invité à vivre ici.

Archie fronça les sourcils.

— Ce n'est pas que je ne veux pas de toi dans la maison.

— Tu ne veux juste pas de moi dans ton espace personnel. Je comprends.

Ondrej se leva et jeta un dernier coup d'œil à la pièce. C'était vraiment une jolie chambre. Il se demanda s'il existait une possibilité d'un futur où il la partagerait avec Archie. Bien sûr, celui-ci bouillonnait maintenant, les bras croisés sur son torse alors qu'il le regardait de travers, mais Ondrej ne pensait pas que c'était une possibilité complètement repoussante. Peut-être qu'en fin de compte, ils pourraient devenir amis, ou même amants.

Cependant, pour l'instant, il devait s'éloigner de ce front plissé.

— Je vais juste aller finir de déballer, d'accord ?

— Ondrej… je ne voulais pas crier.

— C'est bon.

— Mais nous sommes des étrangers. Je comprends que nous sommes mariés, mais nous nous connaissons à peine, et je…

— Archie, c'est bon. Je comprends tout à fait. Euh, y aura-t-il un dîner ou autre chose ?

— Oui, je… j'ai commandé à manger à ce resto sur Amsterdam. Je dois juste le réchauffer dans le four. Italien, si ça te va.

— Ça a l'air génial.

Archie hocha la tête puis se dirigea à grands pas vers la porte.

— Génial. À table dans la cuisine dans une demi-heure.

Et là-dessus, il sortit en trombe de la pièce.

Chapitre Deux

ARCHIE éprouvait une étrange sensation à être dans sa maison, après un changement majeur dans sa vie alors que tant de choses semblaient inchangées. Ondrej qui faisait du bruit à l'intérieur, c'était nouveau, et ce fut encore plus étrange lorsqu'Archie se concentra sur chaque craquement de pas sur les vieux parquets, chaque sifflement d'eau dans les tuyaux, chaque son qui résonnait comme un rappel qu'il y avait quelqu'un d'autre sous son toit.

Mais Ondrej avait clairement fait savoir qu'il n'y aurait pas de lune de miel, Archie s'était donc réfugié dans son bureau, où il était maintenant assis, fixant son écran d'ordinateur portable sans le voir. Il était venu ici sous le prétexte de travailler davantage, comme s'il avait pu se concentrer sur autre chose qu'Ondrej tout l'après-midi.

Il était une énigme. Curieusement, cela ne faisait que deux mois qu'Archie était descendu demander quelque chose à un de ses cadres et avait aperçu un bel homme de l'autre côté de la salle de conférence.

C'était comme si la foudre l'avait frappé. Il avait voulu savoir qui était cet homme.

Il avait des cheveux bruns, qui lui tombaient sur les yeux, et il portait une tenue qui était vraiment trop décontractée pour le bureau – un jean et un polo avec des rayures colorées. Archie en était resté muet pendant un instant alors qu'il regardait de l'autre côté de la mer de bureaux et de box, alors que le plus bel homme qu'il ait jamais vu souriait à une des femmes qui travaillaient aux comptes fournisseurs.

— Monsieur ? avait demandé Amy, une des managers avec qui Archie était en train de parler quelques instants auparavant.

— Mes excuses, mais qui est-ce ? Cet homme pas très bien habillé qui parle à Frieda ?

Amy avait regardé de l'autre côté et avait hoché la tête quand elle avait vu à qui Archie faisait référence.

— Ah. C'est Ondrej. Mon nouvel interne.

— Il est un peu vieux pour être interne, n'est-ce pas ?

— Il n'est pas Américain et il n'est là que pour l'été. Il est en quelque sorte l'interne idéal, en fait, parce qu'il ne cherche pas à obtenir un poste permanent. Il est arrivé avec pas mal d'expérience dans le business en travaillant pour sa famille en Europe de l'Est et il n'a pas été découragé par le salaire de misère que je lui ai proposé.

Archie n'avait pas pu détacher les yeux de cet homme. Cet Ondrej avait dû le remarquer, parce qu'il avait levé la tête et croisé son regard. Il était intense, Archie avait donc détourné les yeux.

— Waouh, avait-il chuchoté.

Amy avait émis un petit rire.

— Et il est canon, pas vrai ?

Archie avait senti le rouge lui monter au visage, mais il l'avait dissimulé en toussant et en ramenant son attention sur la réunion. Pour camoufler sa gêne, il avait parlé sèchement à une des personnes présentes. Il ne convenait pas au PDG d'une importante société immobilière de rougir en réponse à la beauté relative d'un de ses employés. Il s'était senti même en quelque sorte pervers d'être aussi émerveillé par cet homme.

Mais pendant le reste de la journée, il n'avait pas pu se sortir Ondrej de la tête. Le jour suivant, il avait décidé d'aller voir Amy sous de faux prétextes pour pouvoir encore être près de lui. Ondrej était devenu plus attirant durant la nuit, si c'était possible. Archie devait être près de lui, devait en savoir plus sur lui. Donc il avait engagé la conversation pendant qu'il attendait qu'Amy revienne d'une réunion.

— Comment trouvez-vous le travail ici jusqu'à maintenant ? avait demandé Archie.

— J'aime bien, avait répondu Ondrej, même s'il avait hésité avant de répondre.

S'était-il senti intimidé par Archie, étant donné son rôle dans la société ?

— Vous pouvez parler librement.

— Eh bien, monsieur, j'aime beaucoup travailler pour Amy. Mais c'est étrange de décrocher un internat après tout le travail que je faisais à la maison.

— Amy a dit que vous travaillez pour votre famille.

Ondrej avait haussé les épaules.

— Entre autres choses.

Archie avait apprécié son accent. Il n'était pas très frappant, mais il n'était clairement pas américain. Cela le rendait curieusement encore plus sexy.

Espérant ne pas donner l'impression du patron sinistre jetant son dévolu sur son subordonné, il avait commencé à tester Ondrej sur quelques principes basiques d'affaires. Celui-ci avait bien répondu à toutes les questions, et le temps qu'Amy revienne, Archie avait été sacrément impressionné de presque toutes les manières possibles.

Et maintenant, ils étaient mariés.

APRÈS le dîner, Ondrej se blottit sur le canapé dans la salle de séjour, se demandant si vivre avec Archie serait toujours aussi tendu.

Peut-être que se marier avec Archie était irréfléchi, mais il y avait aussi une certaine logique là-dedans. Il avait mentionné à sa cheffe, Amy, que son visa de travail était sur le point d'expirer mais qu'il voulait rester aux États-Unis et qu'il avait des difficultés à trouver un autre travail. Il avait également mentionné qu'avoir besoin d'un visa était particulièrement frustrant parce qu'il pouvait se permettre de s'assumer financièrement indéfiniment à New York.

— Attends, avait-elle dit, tu peux couvrir tes dépenses ? À New York? As-tu remarqué à quel point c'est cher ?

Il avait haussé les épaules.

— J'ai hérité de l'argent de mes grands-parents.

Mais Amy n'avait pas dû le croire, parce qu'elle avait plaisanté :

— Eh bien, dans ce cas, peut-être que tu devrais juste faire un mariage blanc.

Et cela avait été une blague, au début. Mais elle avait dû en parler à Marketa, la secrétaire d'Archie, car celle-ci l'avait fait venir en salle de réunion à la fin de son internat.

Ondrej était entré dans cette salle de conférence en présumant qu'il allait à une sorte d'entretien de départ dans lequel il parlerait de son expérience de travail pour Katsaros Holdings. Il avait été à la place accueilli par Archie, Marketa, Amy et un homme qu'il ne connaissait pas.

Ce fut Amy qui avait parlé la première.

— Marketa et moi avons eu une idée folle.

Ondrej s'était installé dans un des fauteuils confortables et avait attendu.

— J'ai cru comprendre que vous souhaitez rester dans ce pays, avait dit Marketa.

Ondrej avait regardé autour de lui.

— Est-ce que vous me proposez un travail ?

— Non, avait répondu Archie. Malheureusement, je ne peux pas me permettre de vous engager à plein temps. Ce serait un arrangement d'un autre genre.

Ondrej avait jeté un coup d'œil à l'homme inconnu dans la pièce. Il aurait voulu demander qui il était, mais il avait été trop troublé pour parler.

— Je vais être franche. Nous contrôlons les antécédents de tous les nouveaux employés, et quelque chose d'intéressant est apparu dans les vôtres, dit Marketa.

Ondrej avait compris en un éclair qu'ils savaient pour sa fortune.

— Mon argent, avait-il dit.

L'inconnu s'était penché en avant.

— M. Katsaros souhaite vous faire une proposition.

— Qui êtes-vous ? avait demandé Ondrej. Je connais tout le monde dans cette pièce, mais je ne vous connais pas, monsieur.

— C'est mon avocat, avait dit Archie. Il a mis au point un contrat que j'aimerais que vous regardiez. Aucune obligation d'accepter, mais je pense que j'ai trouvé une solution à nos deux problèmes.

Perplexe, Ondrej avait fixé Archie.

— Vous voulez que je vous aide pour un problème ?

— Combien êtes-vous prêt à payer pour rester aux États-Unis ? avait demandé Marketa.

Ondrej avait baissé les yeux sur le contrat que l'avocat lui avait tendu. Il avait parcouru les premières pages et déterminé rapidement ce qu'Archie lui proposait. Un mariage blanc, en échange d'une bonne somme d'argent.

— C'est insensé, avait dit Ondrej.

— Je sais. Je suis d'accord, avait répondu Archie en se levant. Quand Marketa m'a présenté cette idée, je lui ai dit la même chose. Mais c'est en quelque sorte logique. (Il avait commencé à faire les cent pas et s'était éclairci la voix.) Vous êtes un homme intelligent. Vous avez probablement décelé que les prévisions financières pour Katsaros Holdings ne sont pas bonnes. Un apport en liquidité nous aiderait à nous maintenir à flot suffisamment longtemps pour nous réorganiser et élaborer une nouvelle stratégie. Et je déteste vraiment faire d'une chose pareille une proposition aussi froide et impersonnelle, mais nous ne nous connaissons pas très bien, je ne sais donc pas comment vous demander ça autrement.

Ondrej avait compris à ce moment-là. Il avait regardé fixement le document.

— Vous voulez un moyen de rester dans ce pays, avait dit l'avocat. M. Katsaros vous en donne un.

C'était vrai. Et pourtant, Ondrej avait répondu :

— Vous ne pensez pas que c'est étrange pour deux hommes de se marier ? Pour une carte verte ?

— Je suis gay, avait répondu Archie. Peut-être qu'Amy se trompe, mais elle m'a dit que vous l'étiez aussi. Ainsi, la relation est plausible, au moins.

— Je… oui.

Il aurait été difficile de discuter ce point.

— Donc nous nous marions à la mairie, avait continué Archie. Peut-être pas des plus romantiques. Puis nous devrons faire quelques apparitions publiques, pour rendre ça convaincant. Nous aurons des démêlés avec l'immigration, probablement. (Il était retourné à son siège et avait posé les mains sur le dossier, se penchant légèrement en avant.) Je sais que ça a l'air fou, mais je pense que ça pourrait fonctionner. Évidemment, vous pouvez dire non, mais… qu'en pensez-vous ?

Et parce qu'Ondrej s'était laissé emporter et n'avait pu voir de meilleure solution, il avait dit :

— Je… Je vais accepter.

Quelques semaines s'étaient écoulées depuis ce jour-là, et aujourd'hui, Ondrej était légalement marié à Archie Katsaros et vivait dans sa maison, ce qui aurait dû être une occasion mémorable et joyeuse, peut-être, mais elle semblait plus surréaliste qu'autre chose.

Chapitre Trois

APRÈS un déjeuner avec Amy, son ancienne cheffe, Ondrej envisagea d'aller voir Archie. Quand il arriva au bureau de la direction, il put entendre sa voix gronder à travers la réception.

— Dure journée ? demanda-t-il à Marketa.

— L'économie grecque, répondit-elle. C'est un problème continu. Je ne connais pas les détails, mais à l'heure actuelle, une partie de l'argent Katsaros est bloquée, en tout cas sur le court terme. Il a passé toute la matinée au téléphone à essayer de transférer ses fonds avant qu'ils ne s'évaporent.

Le ton de Marketa était enjoué, mais vu son visage sévère, elle savait à quel point la situation était dramatique. Archie rugit quelque chose d'incohérent depuis l'intérieur de son bureau.

— Il a toujours de l'argent placé dans les banques grecques ?

Ondrej suspecta encore une fois qu'en engageant ne serait-ce qu'une fraction de sa fortune dans Katsaros Holdings, il lui disait adieu.

— Le regretté M. Katsaros insistait, dit Marketa. Quelque chose au sujet de préserver l'héritage culturel des Katsaros. Notre M. Katsaros est réticent à aller à l'encontre de ce que son père a établi, et donc nous en sommes là.

Quelque chose s'écrasa dans le bureau et Archie jura bruyamment et de manière imagée.

Ondrej regarda Marketa, alarmé. Elle jeta simplement un coup d'œil à son téléphone.

— Il a raccroché maintenant, si tu veux le voir.

— Annonce-lui peut-être que je suis là d'abord. Il va m'arracher la tête autrement.

— Comme une mante religieuse, dit-elle en décrochant le téléphone.

— Une mante religieuse ?

— Elles s'accouplent puis la femelle arrache la tête du mâle, dit-elle en composant le numéro. Bonjour, M. Katsaros. Votre mari est là.

Elle écouta un instant.

— Bien sûr, monsieur. Tout de suite, dit-elle avant de raccrocher. Tu peux entrer pour le voir.

Ondrej alla à la porte avec beaucoup de réticence et l'ouvrit. Mais ce qu'il y vit le surprit.

Archie était assis à son bureau, la tête entre ses mains.

— Ferme la porte, dit-il lorsque Ondrej entra.

— Salut. Je suis passé simplement pour déjeuner avec Amy, je me suis donc dit qu'après j'allais venir te dire bonjour aussi, mon époux.

Archie leva les yeux et hocha la tête lentement.

— Salut. C'est bon de te voir.

Il prononça les mots d'un ton si inexpressif qu'Ondrej ne les crut pas. Alors il entra dans le vif du sujet.

— C'était un sacré spectacle.

Archie fronça les sourcils.

— Tu as entendu ça ?

— Même certains habitants du Bronx l'ont entendu.

— Je ne perds normalement pas mon calme à ce point, dit Archie en se frottant le visage. Mais je te signale que je fais face à une sorte de crise.

— Oui, Marketa l'a mentionné. Tu as de l'argent dans des banques grecques ?

Archie grogna.

— As-tu une idée à quel point c'est difficile d'honorer la mémoire d'un homme qui pensait que la loyauté envers son pays d'origine et sa famille était plus importante que son sens pratique ? Et que l'échec total de l'économie grecque signifie qu'un bon paquet de son argent a pratiquement disparu ? Tout ce que je veux, c'est déplacer l'essentiel de ce qui reste dans une banque plus stable, dit-il en soupirant. J'ai d'autres fonds, mais juste… c'est ce que je gère aujourd'hui. Et que je gère cette semaine. Ce mois. Cette putain d'année entière.

Ondrej eut l'impression de n'avoir vu qu'un aperçu sous le rideau mais pas la scène entière. Il se permit de s'asseoir dans un des fauteuils vacants du bureau.

— Alors, parle-moi de la situation.

Archie inclina la tête et plissa le front.

— Tu m'interroges sur la situation financière de la société ?

Ondrej n'avait jamais vraiment demandé auparavant, mais il voulait savoir où allait son argent. Il savait que Katsaros Holdings avait des problèmes, suffisamment pour que son argent attire Archie, mais il n'avait aucune idée à quel point la société était mal en point. Plutôt beaucoup, si on se basait sur la détresse d'Archie.

— J'investis dans ta société, lui rappela Ondrej.

Archie sembla hésiter, levant une main et se penchant un peu en arrière. Puis il hocha la tête.

— Je suppose que tu es en droit de savoir.

ONDREJ était à proximité, et il sentait bon. Ses cheveux bruns brillaient sous l'éclairage néon du bureau, sa peau avait l'air douce, et son après-rasage, son eau de Cologne ou autre chose produisait des effets terribles sur le corps d'Archie. Même s'il comprenait l'importance des chiffres dans la feuille de calcul devant lui, il aurait vraiment préféré parler de n'importe quoi d'autre.

Mais il expliqua les nombres à l'écran. À vrai dire, le grand Alexander Katsaros avait été un homme d'affaires formidable durant les années soixante-dix et quatre-vingt, mais il ne s'était jamais tout à fait adapté à la modernité, alors quand le reste du monde avait changé sa manière de faire des affaires durant les années quatre-vingt-dix, Katsaros Holdings était restée à la traîne. Bien sûr, personne ne le savait, parce qu'Alexander Katsaros était bien plus doué pour entretenir son image qu'il ne l'était pour les finances. Il avait pris Archie sous son aile, le préparant pour reprendre la société, et il avait continué à dépenser l'argent de sa femme pour garder l'entreprise à flot longtemps après qu'elle eut succombé à un cancer. Archie n'avait eu aucune idée que la société s'était enfoncée à ce point jusqu'à ce qu'Alexander Katsaros n'ait quitté ce bas monde huit mois auparavant, et penser à la galère dont il avait héritée l'accablait encore.

Pire, le conseil d'administration commençait à parler de la vendre ou de lui arracher les rênes de la direction – une chose qu'Archie ne pouvait pas permettre. Il entendait souvent les mots « rachat hostile » dans ses cauchemars.

Il ne voulait pas encore révéler les profondeurs de la mauvaise gestion de son père, mais il montra la vérité à Ondrej, la société était dans le rouge sans aucun moyen clair de s'en sortir, ou en tout cas pas un qui lui plaisait. Il pouvait vendre des actifs, ce que le conseil encourageait, ou licencier des employés, mais il n'était pas encore prêt à faire l'un ou l'autre, pas avant d'avoir épuisé toutes les autres options. Malheureusement, l'état actuel de Katsaros Holdings était comme celui d'un blessé par balle qui venait d'arriver aux urgences. La situation était visiblement catastrophique, mais Archie n'arrivait pas à comprendre réellement à quels endroits se trouvaient les blessures. La situation le terrifiait, et il savait qu'il ne gérait pas très bien son stress, mais c'était tout ce qu'il pouvait faire pour tenir le coup.

Ensuite, il y avait Ondrej. Le mariage n'avait été qu'une ligne de plus sur son emploi du temps la semaine précédente, ou en tout cas, c'était ainsi qu'il avait essayé de le considérer. Il n'avait pas complètement réussi. Cela semblait… mémorable, même si cela n'avait pas été grand-chose de plus qu'une transaction. Mais Ondrej était assis à côté de lui maintenant et regardait son écran d'ordinateur, et il était… il était juste là. Il ne voulait pas se laisser distraire, mais c'était difficile.

Le truc, c'était qu'Ondrej était magnifique. Archie l'avait pensé depuis le premier instant où il l'avait aperçu de l'autre côté du bureau. Il avait des cheveux bruns et des lèvres pulpeuses et affichait habituellement une expression faciale qui montrait qu'il pensait être au-dessus des tâches de bureau. Il ne l'était probablement pas – et cette expression avait vraisemblablement été cultivée en lui par son éducation aristocratique et ses écoles privées européennes – mais Archie voulait tout de même le mettre sur un piédestal et l'admirer.

Cela dépassait encore l'entendement d'Archie qu'Ondrej ait été relégué au rôle d'interne. Il était clairement un as avec les chiffres et avait le sens des affaires, ce qui s'était révélé évident dans les rapports qu'il avait préparés et qui s'étaient retrouvés sur le bureau d'Archie. La logique et la compréhension des chiffres avaient attiré son œil avant même qu'il ait fait le rapprochement que la personne qui les écrivait et le magnifique interne d'Amy étaient la même personne.

Bien sûr, Ondrej avait un côté têtu et pouvait être quelque peu snob, mais Archie appréciait presque ça chez lui, il pensait qu'ils étaient des âmes sœurs. Une partie de lui aurait même voulu qu'Ondrej persiste dans ses illusions, en pensant que tout irait toujours bien, parce que cela lui aurait épargné la douleur du réveil rude que lui-même avait ressentie lors de la mort de son père.

Ondrej étudia les chiffres sur les feuilles de calcul, signalant occasionnellement des erreurs et faisant des commentaires sur la manière de déplacer des fonds pour faire tourner les choses plus efficacement.

— Tu es doué, dit Archie.

Ondrej agita la main d'un air dédaigneux.

— J'ai étudié les affaires. Et c'est mon argent qui est en jeu. Même si j'aurais aimé que tu me dises à quel point tu étais en train de te noyer avant que je ne consente à tout ça.

— Je n'en connaissais pas la portée jusqu'à récemment.

— Comment pouvais-tu ne pas le savoir ? N'étais-tu pas responsable de la société ?

— Non. C'était mon père. Malheureusement, il m'a caché beaucoup de choses. (Archie prit une profonde inspiration.) Mon but est de nous en sortir sans que beaucoup de gens ne sachent à quel point les choses sont graves. Je veux protéger son héritage. Et je voudrais le faire sans licencier la moitié de mon personnel.

— Il se pourrait que ce ne soit pas possible.

— Je m'en rends compte, convint Archie en jetant un nouveau coup d'œil à Ondrej. C'est un arrangement particulier que nous avons. Je te laisse entrer dans le cercle fermé. Je ne fais pas ça avec beaucoup de gens.

— J'imagine qu'il y a beaucoup de gens qui gardent de grands secrets vis-à-vis de leurs conjoints. Toi et moi ne nous connaissons toujours que très peu.

Archie serra les lèvres et regarda son écran. C'était comme ça que la discussion s'était passée toute la semaine. À chaque fois qu'il suggérait qu'ils essaient d'avoir une sorte de relation ou essaient d'apprendre à se connaître – ce qu'il avait voulu avant qu'ils concoctent ce plan dément de mariage –, Ondrej lui signalait qu'ils se connaissaient à peine.

Mais lui le connaissait. Peut-être pas de la même manière que des époux mariés depuis des années, mais il savait de quoi Ondrej était fait, d'où il venait, et aussi un peu de quelle manière son esprit fonctionnait. Comme Archie, il avait grandi dans le plus grand luxe, mais, d'une certaine manière, il en était ressorti insatisfait. En plus de ça, il pouvait être ronchon, suffisant, borné – parmi ses qualités les moins désirables – mais il pouvait également être drôle, il avait un des esprits les plus aiguisés qu'Archie ait jamais vus, et il était toujours gentil avec les nouvelles personnes qu'il rencontrait.

Il tournait actuellement cet esprit analytique vers le problème de Katsaros Holdings et comment faire en sorte d'assurer les paies dans quelques mois, et il était assez malin pour ne pas dire quelque chose comme « Eh bien, tu dois faire entrer plus de revenus », ce qui était ce que le comptable d'Archie lui avait dit trois semaines plus tôt. Ce à quoi il avait répondu : « Bien sûr, pourquoi je n'avais pas pensé à ça ? » aussi pince-sans-rire qu'il avait pu. Mais Ondrej suggéra :

— Très bien, si tu prends une partie de l'argent de la propriété sur Broadway pour la paie, nous pourrons mettre une partie de la mienne dans le nouveau développement, ce qui me rassure.

Il ramassa un crayon et pointa le côté gomme vers l'écran, montrant à Archie comment il pouvait déplacer son argent pour payer tous ceux à qui il en devait.

— Mais je pense qu'il serait prudent de licencier quelques personnes. Parle à tes cadres intermédiaires et commence à chercher les poids mort.

Cela agaçait Archie de penser ainsi à ses employés, mais il hocha la tête lentement, sachant que s'il pouvait dégraisser les départements vente et marketing, ils seraient toujours aussi productifs en n'ayant pas à payer autant de salaires. Il savait parfaitement qu'il payait certains managers de vente à surfer sur Internet toute la journée.

— Je vais planifier une réunion.

— Bien, dit Ondrej en éloignant un peu son siège du bureau. Je n'avais pas l'intention d'entrer et de te dire comment diriger ton entreprise.

— Si. Et c'est bien. Tu as raison, c'est ton argent.

Ondrej plissa les lèvres.

— Eh bien, je suppose que je vais rentrer… à la maison.

Archie se demanda si le froncement de sourcils d'Ondrej provenait de la perspective d'avoir une maison qui lui était encore tellement étrange ou de celle de toutes les heures d'oisiveté qu'il avait devant lui. Si Archie avait été à sa place, la seconde l'aurait rempli de crainte.

— Tu sais, il y a un bureau vide au bout du couloir.

C'était celui d'Archie avant la mort de son père. Il semblait logique que le PDG de Katsaros Holdings occupe le bureau du PDG, il avait donc déménagé sans trouver un autre occupant pour son ancien espace.

— Est-ce que tu me proposes un travail ? demanda Ondrej.

Archie réfléchit rapidement et se rendit compte qu'il avait une bonne option qui fonctionnerait pour eux deux.

— Je te propose un partenariat. Tu as investi de l'argent dans la société. Je sais que tu veux un certain contrôle sur la manière dont il est dépensé. Je vais te donner une place dans le conseil et te donnerais une voix sur certaines des opérations quotidiennes. En échange, nous pourrons trouver une sorte d'arrangement de participation aux bénéfices.

Ondrej pencha la tête.

— Es-tu prêt à mettre ça par écrit ?

— Bien sûr. Cependant, dois-je te rappeler que nous sommes mariés ?

— Un compte joint ?

— Peut-être. Ça donne une sorte de sens particulier à un plan d'intéressement.

Alors qu'Ondrej semblait y réfléchir, Archie resta un instant sous le choc de tout ce qu'il venait de dire. Il avait épousé Ondrej Kovac, l'homme le plus beau et brillant qu'il ait jamais connu, et cela aurait été un rêve s'il n'était pas si déterminé à le garder à distance. Ils étaient mariés depuis presque une semaine et ils ne s'étaient même pas ne serait-ce qu'embrassés. À la maison, ils étaient deux bateaux se croisant la nuit.

— Le mariage est une proposition sur le long terme, dit Archie.

Ondrej leva la tête, les yeux écarquillés.

— Je suppose que oui. Je veux dire, cela pourrait prendre un moment avant que je n'obtienne ma carte verte. Un an, probablement.

— Peut-être qu'au lieu de continuer à me dire que nous nous connaissons à peine, nous pourrions essayer de rectifier ça.

Archie réfléchit à la façon de formuler ce qu'il souhaitait d'une manière à laquelle Ondrej pourrait répondre favorablement.

— Tout du moins, si nous avons une complicité, cela contribuerait beaucoup à convaincre l'immigration que nous sommes follement amoureux.

Ondrej hocha la tête, mais son visage était inexpressif, ne trahissant aucune émotion.

— C'est vrai.

— Plus précisément, les choses entre nous seraient moins gênantes.

Ondrej continua à hocher la tête.

Archie soupira.

— C'est à dire, si j'avais voulu une mascarade de mariage sans émotion, j'aurais pu épouser une femme. Cela aurait été plus facile.

Ondrej se moqua.

— Plus facile pour qui ?

— Ma famille. Le public. Moi, même. Depuis que le faire-part de mariage est paru dans le Times, mon téléphone sonne sans arrêt à cause des magazines et des sites web qui veulent des interviews avec le PDG jeune marié ouvertement gay. Tu sais qu'ils m'appellent le gay Aristote Onassis [2] ?

— Est-ce que ça fait de moi Jackie ? demanda Ondrej.

Archie se mit à rire face à l'absurdité de tout ça.

— Tu ferais bien d'épousseter tes costumes Chanel, dit-il en secouant la tête. Seigneur, mon père doit se retourner dans sa tombe.

— Est-ce qu'il savait ?

— Que je suis gay ? Probablement. Mais je ne lui ai jamais dit. Pas de manière explicite, en tout cas. J'agissais surtout en douce avec mes rencards. Papa et moi avions une stricte politique de Don't Ask, Don't Tell [3] en place, dit-il en se levant et en étirant ses bras. En tout cas, toi aussi, tu aurais pu épouser une femme, mais l'aurais-tu voulu ?

2 Le plus célèbre armateur grec du XXème siècle et personnalité ultra-connue mondaine des années 50 à 70.

3 Référence à la politique en place dans le corps militaire américain jusqu'en 2011, où les homosexuels et les bisexuels ne pouvaient servir que si tout le monde pensait qu'ils étaient hétérosexuels. Les supérieurs ne devaient pas poser de questions (Don't ask), les soldats ne pas répondre de manière explicite (don't tell).

— Non. Tu as raison. Je ne pense pas que j'aurais pu y arriver.

— Donc nous pourrions aussi bien profiter de la situation. Tout du moins, je suis heureux d'avoir de l'aide pour les décisions financières.

Ondrej se leva.

— Tu es vraiment dépassé.

— Je pense que la situation peut s'arranger, mais ce sera un challenge.

C'était un euphémisme, Archie le savait, mais il ne voulait pas qu'Ondrej sache à quel point il se sentait désespéré parfois.

— Peut-être, alors, que je vais accepter ton offre. Cela me donnera au moins quelque chose à faire durant la journée.

— Ton enthousiasme débridé est presque intenable.

Archie émit un petit rire pour montrer qu'il plaisantait. Il n'était pas sûr qu'Ondrej comprenait vraiment son sens de l'humour.

Au moins, Ondrej eut un sourire.

— Mais je vais rentrer à la maison maintenant. Je suis allé faire du jogging à Central Park ce matin et me suis clairement perdu, et je commence à ressentir la distance supplémentaire que j'ai dû courir pour rentrer, dit-il en secouant les bras. Peut-être que je vais préparer quelque chose pour le dîner. Ou passer commande. On devrait manger ensemble. Tu as raison, nous devrions apprendre à nous connaître pour rendre notre relation plus convaincante.

C'était un début.

— De ce que j'ai lu, le processus de la carte verte est plutôt simple, mais ils pourraient passer nous voir.

Ondrej grimaça.

— Je sais.

— Je rentrerai à la maison pour que nous dînions ensemble. D'accord ?

— Oui. Génial. Je te verrai ce soir, alors.

Ondrej partit sans même une étreinte ou un baiser sur la joue, ce qui était peut-être trop espérer. Mais le dîner était un pas dans la bonne direction, et Archie était déterminé à y penser ainsi. Peut-être qu'il pourrait réparer les pots cassés et conquérir Ondrej.

Chapitre Quatre

LES bureaux Katsaros occupaient trois étages d'un gratte-ciel de la Sixième Avenue, partageant le bâtiment avec une autre grosse agence immobilière, un cabinet d'avocats et une maison d'éditions, entre autres entreprises. L'ambiance à l'intérieur du bâtiment parut plutôt formelle à Ondrej, avec tout le monde qui s'affairait en costumes et tailleurs, soigneusement coiffés. Alors qu'il traversait le portail de sécurité dans le hall, il regarda une femme retirer ses baskets et enfiler une paire de chaussures rouges à talons très hauts ; il supposa qu'elle devait faire la transition immédiatement de voyageuse en métro à employée de bureau en entrant dans le bâtiment.

Ondrej prit l'ascenseur vers le huitième étage. Archie avait la capacité de filer droit vers les services administratifs au dixième, mais on avait besoin d'une carte magnétique spéciale pour que les portes de l'ascenseur s'ouvrent à cet étage. Comme maintenant Ondrej y avait un bureau, il présumait qu'il pourrait obtenir une carte magnétique « magique » en la demandant à Marketa ou à quelqu'un d'autre. Entre temps, il devait se contenter du même accès que tous les autres avaient à Katsaros.

Il avait l'intention de prendre les escaliers qui menaient du groupe de box pour les comptes fournisseurs, aux bureaux du neuvième étage en passant par la cuisine, qui avait une de ces machines à café à dosettes sophistiquées, mais il en fut détourné quand Archie lui-même arriva en trombe.

Il n'était pas exactement ce qu'on pourrait appeler un petit homme. Il était imposant, presque un mètre quatre-vingt-dix, avec des épaules larges. Sa veste de costume ouverte virevoltait derrière lui comme une cape alors qu'il se déplaçait entre les bureaux. Plusieurs personnes hoquetèrent ou s'écartèrent brusquement de son chemin.

Il ne sembla pas voir Ondrej, ce qui était aussi bien.

À la place, il s'arrêta près d'une des photocopieuses.

— J'ai besoin de l'attention de tout le monde.

Il l'avait. Le silence régnait depuis qu'il avait commencé à foncer à travers les allées de box.

— Il y a beaucoup de travail inacceptable et de mauvaise qualité qui a été approuvé. Rien qu'aujourd'hui, trois notes de frais sont arrivées sur mon bureau avec des erreurs. Vous tous, il va falloir faire mieux. Superviseurs, vérifiez les comptes.

Il tempêta pendant encore une minute ou deux sur le fait que chacun devait faire sa part de travail pour assurer le bon fonctionnement de la société. Ondrej savait qu'il s'agissait essentiellement d'une façade.

Les autres personnes présentes le savaient sans doute également.

Une petite femme se tenait à la gauche d'Ondrej.

— Vous êtes son mari, n'est-ce pas ?

Ondrej hocha la tête.

La femme renifla.

— Bonne chance alors.

Ondrej aurait dû être offensé, mais elle marquait un point. Archie était terrifiant quand il perdait son calme. Il grognait et marchait d'un pas lourd comme un taureau prêt à charger.

Ondrej reconnut que c'était une attitude dominante à la con, et cela ne l'intimida pas, mais qu'Archie pense que c'était une manière efficace de gérer ses employés l'agaça plutôt.

D'un autre côté, cette domination à la con était plutôt sexy. Même si Archie semblait perdre l'esprit, Ondrej ne put s'empêcher de penser à ce qui se passerait s'il canalisait toute cette passion dans du sexe. À quel point cela serait explosif. Il se mit à rougir à cette pensée. Il croisa les bras et recula d'un pas par rapport à la femme à côté de lui, réprimant cette image mentale.

Archie grommela et se retourna. Il sursauta, venant probablement de se rendre compte qu'Ondrej avait assisté à la grosse crise de nerf du cadre colérique. Il marcha vers lui, les épaules et le dos droits, comme s'il se donnait toujours de grands airs.

— Eh bien, je suppose que tu penses… commença à dire Archie.

— Je vais prendre une tasse de café. Tu en veux ?

Archie fronça les sourcils.

— Non, ça va.

— Tu en es sûr ? Le café noir est vraiment bon.

— Est-ce que tu es là pour travailler ou pour squatter la machine à café ?

— Un peu des deux.

Archie retroussa les lèvres.

— Très bien. Je monte à l'étage. Je suppose que je t'y verrai.

Comme un bolide, il dépassa Ondrej puis continua dans le couloir, passa devant la réceptionniste, probablement pour prendre l'ascenseur vers son étage pour contourner les escaliers que toutes les petites fourmis qui travaillaient pour lui utilisaient. Ondrej ne savait pas quoi penser de tout cela. Il se demandait si ce qu'il venait de voir était à l'image d'Archie au quotidien ou si c'était simplement quand Archie s'énervait. Était-il toujours aussi bourru et colérique que ce petit spectacle l'indiquait, ou était-ce un rare moment de perte de contrôle ? Et qu'est-ce que cela disait sur Ondrej alors qu'il pensait que tout ceci était ridicule et exagéré, mais il était plus attiré par Archie que jamais ?

ARCHIE était assis à son bureau, mortifié. Il se massa les tempes et se pencha en avant de manière à mettre temporairement sa boîte e-mail submergée hors de vue. Son cœur battait la chamade, ses mains tremblaient, et il pensa, pas pour la première fois, qu'il n'était probablement pas vraiment taillé pour le rôle de PDG d'une importante société, en tout cas pas de la manière dont son père l'avait dirigée.

Parce qu'il aurait été impossible qu'Alexander Katsaros ait toléré la négligence qu'Archie avait vue dans les rapports qu'on lui avait soumis pour l'approbation finale. Un rapport, sur les dépenses du mois passé, était particulièrement intolérable, couvert d'erreurs mathématiques. Après qu'Archie eut fait les comptes lui-même, il avait découvert que le département avait en fait payé presque trois mille dollars de plus que ce que le rapport indiquait au total. C'est à dire, si les chiffres dans le rapport étaient fiables pour commencer, ce dont il n'était pas complètement convaincu. Ce qui signifiait que la société était lentement saignée à blanc.

Il avait fait les comptes puis s'était demandé ce que son père aurait fait. Eh bien, celui-ci serait descendu en trombe en bas pour crier et prendre de grands airs, puis tout le monde se serait exécuté, parce que le patriarche Katsaros tenait fermement les rênes. Archie avait surtout l'impression d'être le guetteur dans la vigie d'un énorme vaisseau, s'agitant dans tous les sens à cause d'un lointain iceberg.

Qu'Ondrej ait été là pour y assister avait parachevé son humiliation. Il était un mauvais leader comparé à son père. Ondrej avait vu ses médiocres tentatives pour rappeler ses employés à l'ordre.

Seigneur. Que son père lui manquait ! Sa présence pour lui montrer la voie lui manquait, le sentiment de sécurité que son père avait créé lui manquait. Son père lui manquait, point. Ils ne sortiraient plus jamais du travail en avance pour voir un match de base-ball ou plaisanter dans une des salles de conférence en buvant un café et en travaillant sur des projets pour la prochaine année fiscale – ils ne se parleraient plus jamais. Il avait laissé un grand vide dans la vie d'Archie, qui semblait se remplir de doute et de manque d'assurance.

Il prit une profonde inspiration et essaya de se ressaisir. Ondrej apparut à sa porte quelques minutes plus tard avec un gobelet en carton entre ses mains.

— Content de l'avoir sorti ?

Archie se sentait plus mal, si c'était seulement possible.

— Si nous perdons de l'argent, c'est en partie parce que personne dans tout ce fichu service ne sait faire de calcul correctement, dit-il. Tu devrais voir ces rapports.

— Tu as besoin de plus de superviseurs. Tu ne peux pas tout faire toi-même.

— Avec quel argent puis-je engager du nouveau personnel ? Je peux à peine payer ceux que j'ai déjà. Et ce n'est pas toi qui vient de me dire de licencier ?

— Et qu'en est-il du conseil d'administration ?

— Ils ne se soucient que du résultat final. La plupart d'entre eux ne viennent dans ce bureau que pour les réunions. Ils ne peuvent ou ne veulent pas faire le travail quotidien nécessaire pour réparer les dégâts.

— Très bien, mais ne serait-il pas dans leur intérêt financier de s'impliquer davantage ?

Peut-être, mais Archie se sentait coincé entre le fait de ne pas vouloir abandonner le contrôle sur la société de laquelle il était encore l'actionnaire majoritaire et celui de ne pas vouloir laisser le conseil savoir exactement à quel point la situation était grave. Il voulait maîtriser la situation avant de présenter les plus gros problèmes au conseil. Et de toute façon, Dan Preston – qui n'était pas par hasard un cousin éloigné d'Archie du côté de sa mère – était le seul membre du conseil qui consacrait régulièrement du temps au bureau. Dan était conscient de la situation, en grande partie, et était le membre du conseil le plus en faveur de vendre la société. Mais Archie se battait contre lui parce qu'il ne pouvait pas accepter d'abandonner une partie aussi importante de l'héritage de son père.

La discussion avec Ondrej tourna en rond pendant quelques minutes. Archie n'appréciait pas l'ingérence, même s'il lui avait essentiellement donné carte blanche de s'en mêler en lui donnant le partenariat. Il se préparait à un bon discours sur « Comment oses-tu me dire comment gérer mon entreprise ! » quand Ondrej agita les mains et dit :

— Peu importe. Dirige ce navire en perdition comme tu veux.

Cela coupa net Archie dans son élan.

— Tu sous-entends que la manière dont je gère la société est responsable de l'inefficacité ? Pas les employés ?

— Oui, en fait.

— Mais mon père…

— Regarde où ça l'a mené.

C'était un bon point. Mais tout le monde n'avait jamais arrêté de dire à quel point Alexander Katsaros était un leader efficace. Il avait construit cet empire immobilier à partir de presque rien ! Il était autoritaire, oui, mais il était également sympathique et charmant, un bon père de famille, et aux dires de tous, tout le monde l'appréciait. Il avait fait quelques mauvais investissements vers la fin de sa vie – c'était clair avec le bilan – mais il avait géré efficacement la société pendant longtemps.

Archie ne faisait que reprendre les rênes à sa place. Et il serait loin d'être un jour aussi bon que son père.

Mais il ne voulait pas qu'Ondrej voie à quel point il était un raté, donc aussi calmement qu'il le put, il lui dit :

— Je sais que je t'ai donné de la latitude, mais je travaille ici depuis que je suis adolescent. Tu as été interne pendant trois mois. Tu n'as aucune expertise pour affirmer ce qui fonctionnera ou pas pour ma société. J'ai accepté de te donner voix au chapitre sur la manière dont nous gérons et dépensons ton argent, mais en dehors de ça, tu ne peux pas simplement imposer ta volonté. C'est toujours moi qui suis aux commandes.

Il savait qu'il avait l'air d'un enfant capricieux, mais Archie essaya de faire son discours avec autant de bravade qu'il put en rassembler. Parce qu'au final, c'était sa société. Parce qu'il la dirigeait. Il ne se sentait peut-être pas toujours confiant dans ses décisions, mais c'était à lui de les prendre.

— Bien, dit Ondrej. Elle est à toi. Je ne faisais que te soumettre une suggestion. Peut-être que l'intransigeance fonctionnait par le passé, mais ce n'est plus ainsi que fonctionne le monde, et je pense que tu ferais bien de changer ton attitude. Crier n'accomplit rien d'autre que de faire en sorte que tes employés aient peur de toi.

— Peut-être que c'est ce que je veux.

Les yeux d'Ondrej s'écarquillèrent.

— Enfin, bien sûr. C'est une façon de faire des affaires.

Cela sembla mettre fin de manière efficace à la conversation, à la grande consternation d'Archie. Il savait qu'il s'y prenait complètement de travers. Si le but réel était de conquérir Ondrej pour qu'ils aient une chance d'avoir une sorte de relation – une chose qu'il voulait encore, même si Ondrej agissait comme une sorte de monsieur je-sais-tout maintenant – il devait arrêter de le contrarier.

Parce qu'Archie ne pouvait pas imaginer partager sa maison avec un homme qui continuait à mettre de la distance entre eux, le seul moyen de faire en sorte que cela fonctionne et qu'il puisse garder une bonne santé mentale serait de forger une relation, même juste une amitié. Et même s'il le désirait toujours, se sentait toujours attiré de tout son être vers Ondrej quand celui-ci était près de lui, cette distance était une torture, et il espérait bientôt un rapprochement.

— Pourquoi es-tu venu au bureau ? demanda-t-il, essayant d'adopter un ton aussi neutre que possible. Pas seulement pour voler du café.

— Non. Je voulais jeter un coup d'œil à ces rapports financiers auxquels tu m'as donné accès. En plus, je m'ennuyais à la maison. Il n'y a qu'un certain nombre de promenades dans le quartier qu'on peut faire, tu sais ?

— Très bien. Fais-moi savoir si tu as des questions.

— Je le ferai.

Ondrej se leva.

— Je ne vendrai pas ma société.

— Je sais. Je ne me donnerai pas la peine d'argumenter sur les raisons pour lesquelles tu devrais. Cette société est ta vie. Je comprends ça. Je ne suis même pas sûr que la vendre serait la meilleure des solutions.

— Très bien. Mais sache que certains des membres du conseil pensent que vendre au moins une partie de la société le serait.

— Il se pourrait qu'on n'en arrive pas là. Avec un peu de chance, ce ne sera pas le cas. (Ondrej soupira et plaça une main sur le dessus du siège qu'il venait de quitter.) Je n'avais pas l'intention de provoquer une dispute quand je suis venu ici aujourd'hui.

— Non, je sais. C'est bon. Nous sommes juste en désaccord.

— Bien.

Ondrej hocha la tête et quitta la pièce.

Archie avait l'impression de s'être pris les deux pieds dans le tapis.

Chapitre Cinq

QUAND Archie rentra à la maison quelques soirs plus tard, il trouva Ondrej pelotonné sur le canapé dans le salon, en train de regarder la télévision.

Il marinait dans une frustration sexuelle depuis qu'Ondrej avait pris possession de son bureau à Katsaros Holdings. Ils ne s'étaient pas beaucoup parlé, que ce soit à la maison ou au bureau, mais l'avoir davantage à proximité avait mis son corps en alerte rouge. Il était toujours conscient de la proximité d'Ondrej, même si ce dernier n'était pas visible. Quand ils se parlaient, c'était surtout dans un de leurs bureaux avec les portes fermées, ils s'asseyaient l'un près de l'autre et examinaient des fichiers informatiques ou des feuilles imprimées, et il perdait à moitié la tête parce qu'il aurait voulu écarter les faits et les chiffres et arracher les vêtements d'Ondrej.

Archie se tenait donc dans l'embrasure de la porte de la salle de séjour, le regardant pendant un instant alors qu'il zappait.

— Tu m'attires vraiment, tu sais.

Ondrej se retourna et le regarda, arquant un sourcil.

— Vraiment ?

— Si j'ai accepté de faire tout ça, c'est en partie parce que je pense que tu es sexy. Je me suis dit : « Bon sang, je suis attiré par lui. Je n'aurai pas à faire semblant là-dessus, au moins ».

Ondrej se déplaça sur le canapé jusqu'à être assis bien droit.

— Qu'est-ce que tu dis ?

— Oublie ça.

Il supposa que son affection n'était pas réciproque. C'était habituellement le cas.

— Non, je ne veux pas l'oublier. Est-ce que tu dis que tu veux que quelque chose se passe entre nous ?

N'arrivant pas à interpréter l'expression d'Ondrej, il ne voulut pas trop se risquer.

— Si tu le veux. Je veux dire, nous sommes coincés dans cette situation pour un moment.

Ondrej se mit à sourire.

— Eh bien, c'est une proposition tellement enthousiaste, mais pourquoi pas, n'est-ce-pas ?

Dégoûté de lui-même maintenant, Archie agita les mains.

— Sérieux, oublie ça. Nous allons simplement aller dans nos chambres respectives ce soir et prétendre que nous ne sommes pas mariés.

Ondrej se leva et marcha lentement vers l'embrasure de la porte où se tenait Archie.

— Nous avons accepté de nous marier parce que ça semblait plausible. Je sais que ce n'est pas romantique, mais… dit-il en se rapprochant, à sa portée. Tu m'attires aussi.

Ondrej se rapprocha d'Archie et posa doucement les lèvres sur les siennes. Ce dernier soupira et approfondit leur baiser. C'était ce qu'il voulait, ce qu'il avait espéré, mais la réalité était tellement mieux que ce qu'il avait imaginé. La bouche d'Ondrej était chaude, humide et parfaite.

Mais avant qu'il ne puisse vraiment savourer ce baiser, Ondrej recula à nouveau.

— Nous nous connaissons toujours à peine. Normalement, ce ne serait pas un obstacle pour me déshabiller avec quelqu'un, mais pour le moment, je dois vivre avec toi. Peut-être que nous pourrions y réfléchir, décider de ce que nous voulons, y aller doucement. Qu'en penses-tu ?

Archie voulait continuer à l'embrasser. Il voulait le jeter sur le canapé et le dévorer, voulait les jambes d'Ondrej enroulées autour de sa taille, être nu et en sueur sur le sol, voulait tout, sauf cette distance tendue entre eux. Mais il répondit :

— Oui, tu as sans doute raison.

Puis il se rappela la véritable raison de sa venue dans la pièce :

— Au fait, nous avons été invités à un gala de charité vendredi. Ce sera notre première apparition en tant que couple.

Ondrej se mit à rire doucement.

— Très bien. Quelle est l'œuvre de bienfaisance ?

— L'alphabétisation, je crois. Ça n'a pas d'importance. Voilà comment ça fonctionne : nous payons une somme exorbitante pour avoir un petit

dîner et faire du relationnel avec les plus riches du coin.
Marketa pense que c'est une super opportunité que
nous soyons vus ensemble en public et pour pouvoir
donner un caractère légitime à notre mariage.

— Est-ce formel ?

— Oui. Est-ce que tu possèdes un smoking ?

— Non, mais je pourrai en avoir un d'ici vendredi.
Est-ce qu'il y a une raison pour laquelle tu parles de ça
comme si tu étais sur le point d'aller devant un peloton
d'exécution ?

Archie laissa échapper un soupir.

— Parce que c'est l'impression que j'en ai. Je suis
inquiet sur le fait que personne ne puisse croire que
nous soyons en couple. À quel point es-tu bon acteur ?

Ondrej sourit d'un air suffisant.

— Je peux faire semblant avec les meilleurs. Ça
ira. Au moins, nous savons que nous ne sommes pas
dégoûtés l'un par l'autre. Nous n'aurons pas à simuler
une attirance.

— Ouais ?

Archie était distrait par la proximité d'Ondrej, par
ses cheveux bruns ébouriffés et sa peau à l'apparence
douce.

— Ouais. Tu peux jouer un rôle ?

— Je suis allé à des fêtes de ce genre toute ma vie.
Qu'est-ce que tu crois ?

Ondrej sourit largement.

— Tu vois ? Personne n'en saura rien.

Archie hocha la tête puis se dit qu'il devrait sortir
de la pièce avant de se ridiculiser.

— Eh bien, je vais voir si je trouve quelque chose
pour dîner. Pour toi c'est bon ?

— Oui, j'ai déjà mangé. Il reste des lasagnes de
l'italien sur la 82ème, si tu en veux.

Quand il se retourna, Ondrej lui attrapa le bras et l'embrassa sur la joue. Archie le regarda, une question lui brûlant l'esprit. Mais Ondrej ne fit que sourire.

— Je pense que je t'ai peut-être mal jugé, dit-il.

— Comment ça ?

Ondrej recula et haussa les épaules.

— Va dîner. Nous parlerons plus tard.

Là-dessus, il retourna sur le canapé pour regarder à nouveau la télévision. Tout en allant dans la cuisine, Archie se demanda ce qui venait de lui arriver.

Cela faisait si longtemps qu'il n'avait pas embrassé quelqu'un. Il avait eu sa part de sexe sans attaches dans sa vingtaine, quand la lumière des projecteurs ne brillait pas aussi vivement sur lui, mais depuis que la santé de son père avait commencé à décliner, il n'était pas beaucoup sorti. Il travaillait presque tous les jours jusque tard dans la nuit. Il n'avait pas choisi le célibat, pas exactement, mais les journées sans aucune sorte de compagnie s'étaient transformées en semaines, puis en mois, et à présent, cela faisait environ un an. Il s'était habitué à sa solitude, mais maintenant qu'Ondrej était dans la maison mais hors de portée, Archie ne ressentait que de la convoitise et de la frustration.

Il ne s'était pas rendu compte à quel point il était solitaire avant d'avoir Ondrej près de lui pour le lui rappeler.

Il mit les restes dans le four et songea qu'il avait quelqu'un qui s'occupait de lui en dehors d'Hildy, ce qui était plutôt agréable. La cuisine se remplit rapidement d'une bonne odeur de sauce marinara chaude et de fromage fondant et il sourit tout seul. La situation avec Ondrej était de la folie, sans aucun doute, mais le baiser ressemblait à une promesse.

JUSTE avant de s'endormir cette nuit-là, Ondrej posa les doigts sur ses lèvres et se rendit compte qu'il désirait à nouveau embrasser Archie. Il voulait faire d'autres choses avec lui, mais ce qu'il voulait vraiment, c'était ressentir la douce affection du baiser qu'ils avaient échangé au rez-de-chaussée, pas un ravissement sexuel comme il se l'était imaginé depuis le mariage.

Donc cela irait lentement.

Le truc… étrange, à défaut d'un mot meilleur, c'était que les deux derniers jours lui avaient démontré qu'Archie n'était peut-être pas le tyran que ses employés dépeignaient si fréquemment. Il semblait même ne pas être à sa place dans cette maison fastueuse, comme si ses véritables désirs étaient beaucoup plus simples et ne coïncidaient pas avec les lustres en cristal et les rideaux damassés. Son désir de rétablir la société sans que personne ne perde son travail était naïf d'une manière charmante et montrait qu'il se souciait de chacun d'eux.

Mais était-ce un numéro ?

Il commençait à penser qu'Archie se montrait intransigeant publiquement en se faisant passer pour quelqu'un qu'il n'était pas. Et c'était intéressant.

Il roula sur le côté et pensa à ce que ce serait d'être couché à côté d'Archie au lieu de s'étendre sur ce grand matelas tout seul. Il ne cherchait pas à imaginer comment Archie se comporterait au lit – probablement en amant appliqué, si son comportement récent était révélateur – mais à savoir si ce dernier il aimait toucher son partenaire quand il dormait, s'il ronflait, s'il avait tendance à se pelotonner en position fœtale la nuit.

C'était une drôle de façon de penser.

Ondrej avait passé son premier mois à New York à travailler le jour puis à évoluer dans le milieu des clubs gay la nuit, rentrant avec quiconque voulait de lui et souvent, après s'être réveillé, il devait trouver comment aller d'un quartier qu'il ne connaissait pas aux bureaux Katsaros le matin. Mais tout cela s'était arrêté le jour où sa cheffe, Amy, l'avait présenté à Archie.

Ondrej avait été instantanément attiré, bien sûr. Il n'avait pas eu l'intention d'agir sur cette attirance – Archie était toujours son patron – mais celui-ci avait quelque chose de saisissant. Et, honnêtement, Ondrej aurait eu d'autres moyens pour se sortir de sa situation difficile qui auraient été moins coûteux. Il aurait pu trouver un travail plus ingrat ou un autre internat à faible salaire pour renouveler son visa de travail. Il aurait probablement pu dépenser de l'argent pour régler le problème et engager un avocat de premier ordre pour arranger tout cela. Mais il avait passé tant de temps à regarder Archie avant que Marketa le convoque dans la salle de conférence, que lorsqu'il était devenu clair qu'ils pourraient s'entraider, un engagement romantique pour la vie lui avait semblé, étrangement, être une option plus simple.

Tout le processus qui avait mené à ce moment-là était complètement fou. Mais clairement, Ondrej avait vu quelque chose en Archie qu'il avait voulu explorer. Mais maintenant qu'il était au cœur de cette situation, il avait l'impression qu'il devait avancer plus prudemment. Il était terrifié que les choses avec Archie tournent horriblement mal, et il était réticent à troubler le statu quo.

Mais était-ce vraiment pour mener une vie de chasteté dans un manoir qui se dégradait qu'il voulait rester en Amérique ?

Il s'endormit cette nuit-là en pensant que tout ceci pourrait en vouloir la peine s'il poursuivait sérieusement Archie de ses assiduités. Il faisait face à un vrai risque, là. Et s'il s'avérait qu'ils étaient totalement incompatibles ou qu'ils avaient une dispute sévère ? Est-ce qu'Archie le jetterait dehors ? Pourrait-il trouver un travail ou un autre moyen de rester aux États-Unis ? Devrait-il retourner dans sa famille ?

Et pouvaient-ils vraiment réussir cette imposture ? Pourraient-ils convaincre la presse qui serait présente au gala qu'ils étaient follement amoureux ?

Ondrej n'était sûr de rien, mais il allait profiter au maximum de l'opportunité qu'il avait, il devrait chercher à l'atteindre d'une manière ou d'une autre.

Chapitre Six

ONDREJ s'installa sur le canapé dans le salon. Comme la climatisation était à fond, conformément aux préférences d'Archie, il s'enroula dans une couverture et s'adossa aux coussins. Il se mit à l'aise, ce qui était ce dont il avait besoin, parce qu'il était sur le point de passer un coup de fil dont il se serait vraiment bien passer.

Mais il composa le numéro.

Et sa mère répondit.

— Oh, Ondrej, chéri. Es-tu encore à New York ? Ton visa a dû expirer.

Elle s'était exprimé en tchèque et avait parlé vite et sur un ton un peu expéditif.

— J'ai quelque chose à te dire.

— Quand rentres-tu à la maison ?

— Je ne rentre pas.

Un long silence passa avant qu'elle ne reprenne la parole.

— Comment ça, tu ne rentres pas ? Tu ne peux pas rester en Amérique pour toujours.

— En fait, si. J'ai fait une demande de carte verte.

— Sur la base de quoi ? Vas-tu t'y installer de manière permanente ? Je croyais que tu avais perdu ton travail.

Ondrej prit une profonde inspiration.

— J'ai bien perdu mon travail. Mais je me suis marié.

Elle hoqueta si bruyamment que toute l'Europe de l'Est avait dû l'entendre.

— Tu n'as pas fait ça. Quelle est cette absurdité ? Tu ne peux pas simplement te marier.

— C'est pourtant bien ce que j'ai fait. (Il prit une profonde inspiration.) Je suis amoureux.

— Comment as-tu pu te marier ? Sans m'inviter ? Qui est cette femme ?

— Ce n'est pas une femme, maman. Je suis gay, tu te souviens ? J'ai épousé un homme.

Elle poussa un cri perçant si aigu qu'Ondrej dut éloigner le téléphone de son oreille pour éviter de devenir sourd.

— Ondrej ! Comment as-tu pu me faire ça ?

Il soupira.

— Je ne te l'ai pas fait à *toi*. Je l'ai fait pour moi. Je suis tombé amoureux de quelqu'un et nous nous sommes mariés pour que je puisse rester ici et vivre avec lui.

Voilà. C'était assez proche de la vérité.

Elle cria et fulmina pendant presque une minute avant de prendre une profonde inspiration et de dire :

— C'est une chose pour toi de te marier sans me le dire. Je suis déçue, j'aurais aimé venir à ton mariage.

— Ce fut un mariage tout simple. Nous avons fait ça vite.

— Ne m'interromps pas. Je n'ai pas terminé. Je suis déçue que tu me l'aies caché. Mais je suis encore plus déçue que tu affiches si publiquement ta perversion en épousant un homme.

— Ce n'est pas…

— C'est une bonne chose que tu aies un foyer en Amérique maintenant, parce que tu n'es plus le bienvenu ici.

Sur ces mots, elle raccrocha.

C'était essentiellement la réponse à laquelle Ondrej s'était attendu, mais il n'avait pas anticipé la tristesse qui s'empara de lui et l'étrange sensation de vide au fond de lui. Elle venait de confirmer ce qu'il avait suspecté depuis le début : qu'il était son fils, mais seulement s'il se comportait d'une manière trouvait acceptable aux yeux de sa mère. Telle avait été son enfance. C'était pour cette raison qu'il avait déménagé en France pour vivre avec ses grands-parents après avoir abandonné l'école. Bon sang, c'était à la base aussi pour cela qu'il avait déménagé en Amérique.

Ce ne fut qu'après qu'il eut fixé le téléphone pendant une minute qu'il se rendit compte que sa mère n'avait même pas demandé quoi que ce soit sur son mari. Elle n'avait pas demandé ce qu'il faisait dans la vie ou si c'était un homme bien ou même son nom. Qu'il était un homme était la seule information dont elle avait eu besoin pour prononcer son jugement et lui dire qu'il n'était plus le bienvenu à la maison.

Il prit une profonde inspiration et essaya de ramener ses battements de cœur à la normale. Il appellerait son père plus tard pour faire amende honorable, mais il n'en avait pas l'énergie pour l'instant.

Archie pénétra dans la pièce alors qu'Ondrej ne l'avait même pas entendu rentrer.

— Il fait froid là-dedans, commenta-t-il. Je pense pouvoir lever le pied sur la climatisation maintenant que nous sommes définitivement en automne.

Ondrej se recroquevilla sous la couverture tandis qu'Archie se dirigeait vers le thermostat pour l'ajuster.

Quand il se retourna vers le canapé, il marqua une pause pendant un instant puis demanda :

— Est-ce que ça va ?

— Je viens de dire à ma mère que j'ai épousé un homme. Elle m'a dit de ne plus revenir.

Les mots étaient sortis d'un ton inexpressif mais Ondrej n'arrivait pas à lever la tête pour regarder Archie.

— Oh, non. Oh, Ondrej.

La vitesse à laquelle Archie s'assit sur le canapé et l'attira dans ses bras le surprit. Il se réjouit tout de même de l'étreinte et sortit les bras de sous la couverture pour le serrer à son tour. Le vide continua à s'agrandir en lui. Il avait été abandonné. Il avait été abandonné, exilé. Il était venu ici pour échapper au jugement de sa mère, mais il le ressentait de la même manière qu'auparavant et il avait la sensation persistante que cette arnaque de mariage n'allait rien résoudre.

— Ce n'est pas si grave, dit-il, essayant de se réconforter.

Archie le berça un peu.

— Ce n'est jamais facile d'être rejeté par ses parents.

— Non, mais… je m'y attendais. C'est pour ça que ça m'a pris aussi longtemps pour appeler chez moi.

— Quand même. Je sais à quel point tu dois te sentir mal. J'aimerais pouvoir t'en préserver.

Ondrej appuya sa tête sous le menton d'Archie et compatit aussi avec lui, parce qu'il imaginait qu'à un certain moment son remarquable père lui avait sûrement dit qu'il n'était pas assez bien. Ondrej ignorait si ses déficiences aient été dues à un manque de talent pour diriger ou à son homosexualité, mais cela n'avait pas vraiment d'importance. Il savait qu'Archie comprenait ce rejet, que lui-même avait connu cette sensation de vide. Il connaissait probablement la solitude et cette impression de n'avoir aucun allié. Alors Ondrej ne dit rien de plus. Il se laissa étreindre, simplement.

— Nous sommes dans le même bateau, tu sais, affirma Archie.

— Humm ?

Archie lui frotta les bras.

— Nous avons passé un accord. Nous sommes tous les deux ensemble dans cette situation, travaillant dans le même but. Tu n'es pas seul. Si tu as besoin de quelqu'un à qui parler, je suis là.

Ondrej inspira profondément, absorbant l'odeur faiblement mentholée du parfum ou de l'après-rasage qu'Archie utilisait.

— Tu en fais assez pour l'instant.

— Bien. Mais c'est pour information.

— Oui. Merci.

La compassion d'Archie était tellement inattendue par rapport à l'homme qu'Ondrej en était arrivé à connaître durant les semaines où il avait été au bureau Katsaros. Même si à la maison il n'était pas aussi bourru et colérique, il était souvent froid et distant. Cet Archie, celui qui le tenait dans ses bras forts, lui caressant occasionnellement les cheveux… cet Archie était chaleureux et affectueux. Lequel était le véritable Archie ? Ondrej espérait que c'était le second, parce qu'alors qu'il frottait son nez contre son épaule, cet Archie-là lui donnait du réconfort.

LORSQU'ARCHIE se mit au lit ce soir-là, il se demanda ce qui se passait et comment il avait pu mal interpréter la situation devant lui. Voir Ondrej aussi peu dans son assiette l'avait pris au dépourvu. Il était toujours tellement stoïque. Le voir vulnérable avait libéré quelque chose en lui.

Il retira les couvertures et s'imagina ce que ce serait d'avoir Ondrej avec lui dans son lit. Il désirait le savoir depuis qu'il avait accepté ce projet de mariage, même s'il avait gardé cet espoir lointain, puisqu'Ondrej ne semblait pas intéressé. Mais et s'il était plus que ce qu'il montrait en surface ? Il était si désinvolte avec tout, mais le rejet de sa mère l'avait vraiment blessé.

Archie avait donc fait de son mieux pour le réconforter et avait même envisagé de l'inviter dans son grand lit ce soir, mais il aurait eu l'impression d'être un prédateur sexuel. Il ne voulait pas exploiter sa vulnérabilité. Non, quand Ondrej viendrait à lui dans la nuit, il voulait que ce soit de sa propre volonté.

Il abordait peut-être mal la situation. Il avait été content de prendre un rôle plus passif dans leur relation, laissant Ondrej en dicter les termes, mais peut-être qu'il devrait être plus brutal.

Il repensa à quelque chose qu'Ondrej avait dit au bureau au sujet de la manière dont il gérait ses employés. Peut-être que perdre patience n'était pas la meilleure attitude à avoir avec les personnes qui travaillaient sous ses ordres. Peut-être que la façon de gérer les choses d'Alexander Katsaros ne fonctionnait pas pour lui, ou ne fonctionnait pas dans le domaine des affaires à présent.

Peut-être était-il temps pour lui de changer son approche de la situation.

C'était drôle que sa vie personnelle requiert un comportement combatif alors que sa vie professionnelle requérait une approche plus douce.

Archie remonta les couvertures sur lui et poussa un soupir alors qu'il s'enfonçait dans le lit. Au moment de s'endormir, il pensait encore à la manière de s'occuper à la fois de son entreprise et de son mari.

Chapitre Sept

ARCHIE se tenait dans le vestibule, tirant sur ses manches, espérant que le smoking lui allait vraiment bien. Il l'avait depuis quelques années et avait perdu du poids ces derniers mois. Le stress avait tendance à lui en faire perdre.

Mais Archie repoussa tout cela de son esprit. À la place, il regarda autour de lui et pensa à tous les films où l'héroïne descendait le grand escalier, transformée par une robe spectaculaire et un peu de maquillage, et le héros comprenait enfin ce qu'elle était vraiment. Bien sûr, son héros ne descendrait pas l'escalier dans une robe de bal, et même s'il était confiant que son mari serait fantastique, il était moins sûr qu'il y aurait une fin heureuse en réserve pour eux.

Un instant plus tard, Ondrej descendit effectivement l'escalier, resplendissant dans un smoking élégant qui était remarquablement bien coupé sur sa silhouette, étant donné le peu de temps qu'il avait eu pour le faire confectionner. Sa cravate était à carreaux noirs et ocres qui allaient bien avec sa peau mate. Ses cheveux étaient lissés à l'arrière de son visage, le rendant encore plus beau.

Archie s'imagina qu'il avait l'air d'un personnage de cartoon avec la langue pendante et le cœur battant hors de sa poitrine alors qu'il le regardait approcher.

Ondrej lui sourit, ce qui fit vraiment palpiter son cœur. Lorsqu'il atteignit le bas de l'escalier, Archie lui tendit le bras. Ondrej glissa sa main autour de son coude et ils sortirent ainsi par la porte, aucun d'eux ne parlant.

En fait, ce ne fut que lorsqu'ils furent à l'arrière de la voiture qu'Archie avait louée pour les emmener au gala qu'ils se mirent à parler, et ce fut Ondrej qui brisa le silence :

— Ça te va bien.

Archie sourit. Il ne put s'en empêcher.

— Ce vieux truc ?

Ondrej émit un petit rire alors qu'il tendait la main pour lui ajuster sa cravate.

— J'aime bien ce violet, dit-il, en passant sa main dessus. Tu devrais porter plus de couleur. Ta garde-robe est si fade.

— Sympa, merci.

— Non, je n'avais pas l'intention de t'insulter. Je voulais juste dire qu'elle est classique, peut-être comme il convient à un PDG d'une grande société, mais je pense que tu aurais l'air fantastique si tu portais un peu plus de couleurs. Tu te démarquerais davantage.

— Je garderai ça à l'esprit.

Archie savourait les doux effleurements d'Ondrej près de son cou et de son torse, mais celui-ci retira ses mains.

— Je ne comprends vraiment pas cette obsession des New Yorkais pour le noir. Tout le monde est toujours habillé comme s'ils étaient en chemin pour un enterrement.

— Difficile de se tromper avec du classique.

Ondrej sourit à nouveau doucement.

— Tu es un bel homme, Archie. J'ai peut-être été avare de compliments, mais je supposais que c'était quelque chose que tu entendais déjà beaucoup.

— Pas autant que tu peux le croire. (Archie jeta un coup d'œil par la fenêtre et calcula qu'ils étaient à environ trois blocs de leur destination.) Est-ce que tu es prêt ?

— Autant que je puisse l'être.

C'était un gala sur invitation uniquement dans une salle de bal d'un hôtel du centre-ville, où Archie savait d'expérience que l'objectif principal était d'être vu. Une œuvre de bienfaisance tirait toujours des bénéfices des invités magnanimes, bien sûr, mais la bonne société New-Yorkaise se présentait à ce genre d'événements pour se faire prendre en photo plus que pour donner son argent. Il se réprimanda d'être aussi cynique, mais il était dans ce monde depuis si longtemps.

La voiture s'arrêta devant l'hôtel, et comme convenu, il sortit en premier et aida Ondrej à en descendre. Ce dernier se pencha et chuchota :

— Il est temps de prétendre que tu es l'amour de ma vie.

Archie hocha la tête, mais ce qui lui traversa l'esprit c'était qu'il n'aurait pas vraiment à le prétendre.

Ils marchèrent côte à côte dans le hall de l'hôtel, où ils furent accueillis par un préposé en livrée qui dit : « Par ici, M. Katsaros. » et les mena à la salle de bal. Celle-ci était déjà comble, remplie de personnes habillées avec élégance, qui ne cessaient d'aller et venir. Archie aperçut Cathleen Brandt, avec qui il était allé à l'école mais qui était maintenant largement considérée comme une mondaine vieillissante, probablement ici en chasse pour un troisième mari. Il aperçut un ancien employé de Katsaros qui avait créé son propre empire immobilier il y avait quelques années, et avait de toute évidence eu une réussite insensée. Et, oh, là-bas, dans le coin, se trouvait le maire de New York, parlant à un acteur de Broadway et à un éditeur de magazine.

— Quelle réception, dit Ondrej. Je pourrais m'y perdre.

— Reste près de moi, dit Archie, parce qu'il avait soudain besoin de soutien.

Il avait participé à des douzaines de pince-fesses de ce genre auparavant, mais il se sentait dépassé et hors de son élément. Le patriarche Katsaros maîtrisait à la perfection l'art de faire bonne figure pour le public. Archie avait toujours été content de faire comme son père ou sinon, de se fondre dans le décor.

Il tendit le bras en arrière et Ondrej glissa sa main dans la sienne.

— Tu as fait ton coming out dans cette société, pas vrai ?

— Oui. Enfin, j'ai amené un rencard masculin au dernier évènement mondain. Et notre mariage a été annoncé dans le Times, tu te souviens ?

— Oui, c'est vrai. J'essaie encore d'assimiler tout ça. Les invités de ce gala auraient vu le faire-part ?

— Je ne sais pas combien d'entre eux parcourent les faire-parts de mariage, mais on a probablement discuté de nous dans certains cercles, lui dit Archie en lui étreignant la main. Tu as grandi dans une certaine richesse et un monde plutôt privilégié, n'est-ce pas ? Ça ne doit pas être tout nouveau pour toi.

— Non, mais vous, les Américains, avez une façon différente de faire les choses, répondit Ondrej avant de prendre une profonde inspiration. Je n'arrive pas à imaginer ma famille me permettant d'assister à une fête huppée avec un rencard masculin.

— C'est une bonne chose que tu sois en Amérique, alors. Avec ton mari.

— Mari. Seigneur, ça me semble toujours bizarre.

Archie hocha la tête, mais il savait parfaitement qu'une bonne partie de cet aspect étrange provenait du fait qu'ils avaient à peine une relation, indépendamment du fait de se tenir la main. Avec le temps, cela disparaîtrait.

Même s'il ignorait combien de temps ils avaient devant eux.

— M. Katsaros !

Archie tourna la tête et vit Priscilla Zimmer, qui écrivait des potins mondains, marchant vers lui.

— Voilà le premier test, dit-il à Ondrej.

Quand Priscilla les rejoignit, elle sourit.

— Eh bien, Archie, comment allez-vous ?

— Je me sens fantastiquement bien, lui répondit-il en jetant un coup d'œil à Ondrej, qui lui tenait toujours la main. Permettez-moi de vous présenter mon mari, Ondrej Kovac.

Celui-ci sourit et lui tendit son autre main.

Priscilla la serra.

— Félicitations ! J'ignorais que vous vous étiez marié.

Archie soupira.

— Bien sûr que non, ou vous ne seriez pas venue par ici, dit-il en se tournant vers Ondrej. Chéri, voici Priscilla Zimmer. Elle écrit pour le Post.

Priscilla sourit.

— En fait, j'ai mon propre site Internet maintenant. Je touche plus de lecteurs ainsi. Personne ne lit plus les journaux, dit-elle en se tournant vers Ondrej. Alors, racontez-moi tous vos secrets. Comment vous êtes-vous rencontrés ?

Ils en avaient discuté et s'étaient exercés, sachant qu'il y aurait probablement des reporters et/ou des chroniqueurs mondains aux environs. Ondrej afficha donc un sourire et prononça ses répliques à la perfection.

— C'est une drôle d'histoire. J'ai été interne à Katsaros Holdings cet été. Je sais que ça a l'air déplacé, mais nous nous sommes aperçus de l'autre côté des bureaux bondés et ça a été le coup de foudre.

Il étreignit la main d'Archie puis le regarda avec adoration.

Celui-ci savait que c'était un numéro, mais il ressentit à nouveau ces papillons. Il ne put s'empêcher de lui sourire en retour.

— Ça a été foudroyant.

— Je n'ai pas pu m'empêcher de remarquer votre accent, dit Priscilla. D'où venez-vous ?

— De République Tchèque. Juste à côté de Prague. D'où l'internat. Je n'avais aucune expérience professionnelle aux États-Unis, mais je suis allé en école de commerce et j'ai travaillé pour ma famille pendant de nombreuses années, alors ce n'est pas comme si je sortais fraîchement de l'université.

Priscilla sourit comme un chat qui avait attrapé une souris.

— Donc, un visiteur aux États-Unis trouve un travail dans une des plus grosses sociétés immobilières de New York et en arrive à tomber amoureux du PDG. C'est une sacrée ascension !

Archie vit le commentaire comme l'insulte qu'il était, sous-entendant qu'Ondrej était un croqueur de diamant, mais celui-ci sourit simplement.

— Eh bien, l'été dernier, j'ai vendu l'entreprise vinicole de mes grands-parents avec un bon bénéfice. L'argent d'Archie ne m'intéresse pas, j'en ai largement assez moi-même. Nous sommes vraiment tombés amoureux l'un de l'autre cet été.

Ondrej lança à Archie un autre sourire rempli d'adoration. Ce dernier eut des difficultés à reprendre son souffle pendant un instant.

Et, bien sûr, Priscilla ne comprendrait pas que la situation était en fait inversée – que c'était Archie qui avait besoin de l'argent d'Ondrej.

— Eh bien, eh bien, dit-elle, en reportant son attention sur Archie. Alors, dites-moi autre chose, mon cœur. Le nouveau projet de stade des Brooklyn Eagles. Quelqu'un va enfin démolir ce vieux stade de base-ball rouillé ?

— Nous attendons juste de la paperasse pour la ville, mais si tout se passe comme prévu, la construction commencera au printemps.

— Et des logements à prix abordables font partie de votre plan ?

— Oui.

Priscilla savait pertinemment que la loi requérait que tout développement à l'échelle du projet du stade des Eagles inclue un certain pourcentage d'appartements à prix abordables. Cela avait toujours fait partie du plan. Archie avait bon espoir que cela relancerait un voisinage autrement en déclin. Le stade existant était pris en sandwich entre Prospect Park et une parcelle délaissée de Brooklyn pleine d'écoles en ruines et de vieux bâtiments délabrés.

Mais c'était un investissement sur le long terme, puisqu'ils n'avaient même pas encore commencé à creuser, et il n'avait pas parlé de celui-là avec Ondrej, il souhaita donc que Priscilla change de sujet.

— Eh bien, vous êtes certainement un couple très charmant. Félicitations pour vos noces. Je vois mon amie Susie là-bas, donc je vous reparlerai plus tard. Bye !

Quand elle se fut éloignée, Ondrej lâcha la main d'Archie.

— Il vient de se passer beaucoup de choses, là.

— Elle écrit sur la haute société. Je l'ai déjà rencontrée quelques fois.

— D'accord. J'avais compris. Quand avais-tu l'intention de me parler du projet de stade des Eagles ? Je croyais qu'il était en suspens.

Archie soupira et se pinça l'arête du nez.

— Pouvons-nous ne pas parler de ça maintenant ? Je pense que si nous avions une grosse dispute au milieu de cette salle de bal, les gens pourraient suspecter que tout n'est pas merveilleux au paradis conjugal.

Ondrej prit une profonde inspiration et hocha la tête.

— Très bien. Demain, alors. Mais je n'apprécie pas que tu gardes un secret à propos de la société comme ça, surtout si tu m'introduis comme partenaire. Et si un reporter est déjà au courant, j'ai l'air d'un idiot de ne pas être tenu au courant.

— Je comprends. Nous en parlerons demain, je te le promets.

Un serveur passa avec un plateau de hors-d'œuvre. Archie choppa un petit feuilleté, ne se souciant même pas de ce que c'était. Cela avait un goût de carton. Il souhaitait retrouver la main d'Ondrej.

À la place, il fit un geste vers le bar. Ondrej le suivit. Alors qu'ils avaient commandé du vin et attendaient, Cathleen Brandt s'avança vers eux.

— J'ai vu ton faire-part dans le Times, dit-elle en embrassant Archie sur les joues. Ce doit être ton mari.

Il posa la main au bas du dos d'Ondrej et l'encouragea à avancer un peu.

— Voici Ondrej, dit-il en se tournant vers celui-ci. Voici Cathleen, une vieille amie d'école.

Ils se serrèrent la main. Ondrej resta silencieux.

— Tu sais, dit Cathleen, j'avais pratiquement oublié que tu étais gay quand j'ai lu le faire-part. Mais ensuite, je me suis souvenue que tu avais passé une bonne partie de la troisième à filer en douce avec Joel Cooper. Pas du tout subtilement, je pourrais ajouter. Je pense que l'école entière t'avait démasqué.

Archie retint une réaction physique à ce souvenir. Entendre Cathleen en parler aussi franchement le dérangeait, même s'il n'était pas sûr de la raison. Ce n'était pas comme s'il essayait de cacher quoi que ce soit maintenant. Peut-être qu'il s'adaptait encore au fait de ne pas avoir à jouer à l'évasif avec son père. Donc il sourit. Après tout, il avait de bons souvenirs de Joel Cooper.

— Ça ne m'aurait pas dérangé que l'école entière le sache, du moment que mes parents non.

Cathleen fronça les sourcils.

— J'ai su pour ton père. Toutes mes condoléances.

— Merci. Ça a été quelques mois étranges.

Archie aurait aimé qu'Ondrej parle maintenant. Celui-ci réfléchissait probablement à l'opération du stade des Eagles, mais on ne pouvait rien y faire ici. Il se sentait mal à l'aise, dépourvu du don de son père pour charmer une foule, mais si Ondrej participait davantage, cela semblerait peut-être plus harmonieux. Il jeta un coup d'œil à son mari, qui se tenait là tranquillement en souriant, regardant les gens dans la salle de bal.

— Eh bien, ça a dû être une sacrée romance, dit Cathleen. Y a-t-il eu une cérémonie ?

— On s'est mariés à la sauvette. Nous ne voulions rien d'excessif ou de prétentieux.

— Ni même une lune de miel, dit Ondrej. (Enfin.) Trop occupés par le travail.

— C'est triste, dit Cathleen.

— C'est triste, dit Ondrej, revenant à lui et passant la main autour du bras d'Archie. Nous sommes mariés depuis environ deux semaines et n'avons rien fait pour le célébrer. Qu'en est-il de ce voyage dans les Florida Keys ?

— Cela peut encore s'arranger, dit Archie, jouant le jeu.

Il était presque sûr qu'ils savaient tous les deux qu'il n'y aurait pas de voyage.

— Bien sûr, chéri. Il n'y a pas le feu. Nous venons de nous marier. Nous avons le reste de notre vie !

Et n'était-ce pas une perspective intimidante ?

— Eh bien, vous formez un couple adorable, dit Cathleen. J'ai été un peu surprise quand j'ai vu le faire-part, je l'admets. Mais du moment que vous êtes heureux, c'est ce qui est important.

— Nous sommes très heureux, dit Ondrej, tapotant le torse d'Archie. Très cher, je crois que notre vin est prêt.

APRÈS le départ de Cathleen, Ondrej garda la main sur le bras d'Archie parce qu'il n'arrivait pas à le lâcher. Le toucher le rendait… tangible. Humain. Masculin. La longue ligne du biceps d'Archie sous sa paume lui rappelait soudain qu'il était un homme, et un homme sexy, en prime, pas simplement un patron de façade ou son prétendu mari.

— Fais-tu ce genre de choses souvent ? demanda Ondrej. Tout le monde ici semble te connaître.

— J'ai beaucoup assisté à ce genre d'événements avec mon père quand j'ai commencé à travailler pour lui. Je détestais ça. J'ai toujours plutôt fait tapisserie, mais lui avait un vrai don avec les gens et la foule. Il pouvait charmer n'importe qui. J'étais juste son fils empoté. J'ai dû me reprendre et commencer à aller à ce genre de réceptions après qu'il est tombé malade.

— Je doute qu'il y ait quoique ce soit d'empoté en toi.

Archie sourit faiblement.

— C'est gentil de ta part, mais ce n'est qu'un rôle en grande partie ou un peu d'entraînement. Au fond de moi, je déteste ça et je suis terrifié. Devoir te montrer ne fait que rendre ça pire.

Ondrej ne put répondre avant que ses pensées ne soient noyées par un tumulte de l'autre côté de la salle. Un petit groupe de personnes frappaient dans leurs mains alors qu'un orchestre s'installait sur quelques chaises dans le coin de la salle. Ils commencèrent à jouer du jazz.

— C'est la partie de la soirée, dit Archie, où tout le monde va rester là bouche bée et parler d'à quel point l'orchestre est bon pendant environ une demi-heure, puis quelqu'un va amadouer Mme Mortimer pour qu'elle puisse convaincre son mari récalcitrant de danser avec elle, puis tous ceux de plus de cinquante ans vont se joindre à eux pour une valse, puis les jeunes commenceront à danser aussi. Mais c'est une fête classe, donc pas de frotti-frotta, et l'orchestre ne jouera rien de plus rapide qu'un fox-trot ou de plus moderne que du Duke Ellington.

Ondrej n'était pas sûr de ce que tout cela signifiait, mais il hocha la tête.

— C'était vraiment le monde de ma mère, dit Archie. Sa famille assiste à des bals comme celui-ci depuis le Gilded Age [4], et on aurait pu croire que j'aurais ça dans le sang, mais pas du tout.

Ondrej sirota son vin et regarda la salle de bal autour de lui. Sa famille avait les moyens, c'était vrai, même s'il était né vers la fin de la Guerre Froide, quand les choses à Prague n'étaient pas si formidables que ça. Il n'en avait presque rien su, même s'il avait grandi avec une sensation de tension dans la maison, et que les choses n'étaient pas toujours en sécurité ou assurées. Il avait appris plus tard qu'une grande partie du succès de sa famille provenait d'affaires avec l'URSS, mais même cela avait eu une base fragile. Qu'ils aient prospéré pendant les vingt dernières années semblait toujours remarquable.

Bien sûr, ils avaient voyagé. Sa grand-mère avait déménagé en France pour diriger une entreprise vinicole

4 Période de l'histoire des USA qui correspond à la période de prospérité et de reconstruction après la fin de la guerre de Sécession, entre 1865 et 1901.

prospère. Ondrej l'avait vendue peu de temps après sa mort, investi l'argent, et vivait maintenant des profits. Il se demanda si sa grand-mère se serait emportée à la pensée qu'il l'utilise pour renflouer une société qui avait gagné l'essentiel de son argent en construisant des complexes résidentiels et des stades sportifs dans des quartiers déjà surpeuplés.

Ce projet de stade des Eagles était un désastre à retardement.

Mais Ondrej avait accepté de mettre cela de côté pour l'instant, donc, après s'être promis qu'il remettrait ça sur le tapis avec Archie dans la matinée, il l'éloigna de son esprit.

Il regarda à la place l'opulence de cette fête et pensa aux autres galas similaires auxquels il avait assisté en France avec sa grand-mère, quand il était très jeune. Ils dégageaient la même sensation d'attente et de lenteur, faisaient les choses à l'identique depuis deux cents ans, refusant d'expliquer délibérément comment cela se passait pour exclure tout personne nouvelle, ou venant de trop loin du cercle fermé de la richesse et du privilège. Ondrej avait assisté à des fêtes françaises chics à l'entreprise vinicole ou encore à Lyon et à Paris. Dans les années 90, il y avait eu le même genre de fêtes à Prague aussi, une fois que le gouvernement n'était plus dirigé par des gens qui voulaient écraser la créativité et le développement.

Mais tout ça, c'était du passé, une partie de l'histoire compliquée à laquelle il avait essayé d'échapper en venant à New York. Et pourtant, il était là, sirotant du vin dans une salle de bal pas si différente de celles de son pays.

Au moins, Archie détestait cela autant que lui.

Ils passèrent la demi-heure suivante à faire du relationnel avec diverses connaissances d'Archie – un bon nombre portant des noms de famille que même Ondrej avait déjà entendus – et, comme annoncé, les couples plus âgés commencèrent à danser. Tout était très chaste et formel, comme quelque chose sortant d'une autre époque.

— Crois-tu que nous scandalisons cette foule ?

— Qu'est-ce que tu veux dire ? demanda Archie en plaçant son verre de vin vide sur un plateau alors qu'un serveur passait près de lui. Parce que nous sommes un couple gay ?

— Prague est une ville plutôt progressiste, mais les fêtes de la haute société sont tellement vieux jeu et conservatrices. Et si mes parents étaient là…

— C'est une bonne chose alors que nous ne soyons pas à Prague, dit Archie en inclinant la tête. Je pense qu'il y a quinze ans, nous aurions eu quelques dames aux cheveux bleus [5] qui auraient dit : « Ça, c'est le comble ! » mais moins maintenant. Jessica Mortimer amène des rencards féminins à des événements sans arrêt.

— Est-ce un nom que je devrais connaître ?

— C'est la rousse là-bas près de ce podium. Elle est l'incarnation même de la mondaine. Descendante de Vanderbilt, si je me souviens bien. Une favorite des tabloïds parce qu'elle est magnifique, lesbienne et assiste fréquemment à des événements où elle sait qu'il y aura beaucoup d'appareils photo.

— Donc un couple gay dans une relation prétendument sérieuse ne devrait pas faire tourner les têtes.

---

5 Allusion aux dames d'un certain âge qui utilisent une teinture bleue pour rendre leurs cheveux plus blancs.

— Elle pourrait en faire tourner quelques-unes, mais je ne pense pas que qui que ce soit nous posera de problème, répondit Archie en se retournant pour regarder directement Ondrej. Qu'est-ce que tu veux dire par « prétendument » ? Je sais que les circonstances sont étranges, mais je me suis engagé sérieusement.

Ondrej médita ces propos et se rendit compte que lui aussi s'était engagé, d'une certaine manière. Il n'avait couché avec personne depuis le mariage et n'en avait pas l'intention – c'était une sensation étrange de seulement l'envisager alors qu'il vivait dans la maison d'Archie. Il n'avait pas mûrement réfléchi au fait de pouvoir rester chaste jusqu'à ce qu'il ait sa carte verte en main, mais si c'était ce qu'il fallait pour en obtenir une, il le ferait. D'un autre côté, une partie de lui avait toujours supposé qu'ils coucheraient ensemble en fin de compte. Alors si la fidélité était le prix à payer, Ondrej l'accepterait.

— Je me suis engagé aussi, dit Ondrej. Mais nous n'en avions pas parlé.

Archie hocha la tête.

— Content que nous soyons sur la même longueur d'onde.

On aurait dit la fin d'une réunion d'affaires.

Une femme dans la cinquantaine portant une robe de bal rouge tape-à-l'œil s'avança sur la piste de danse avec un micro. Après s'être présentée comme Patricia Barrow, un membre du conseil d'administration de l'association caritative pour laquelle le gala récoltait des fonds, elle fit un discours disant à quel point elle appréciait les contributions de chacun pour cette cause.

Puis elle dit :

— J'ai cru comprendre que nous avions des jeunes mariés dans le public.

Le cœur d'Ondrej s'effondra.

— Je suis sûre que nous serons tous ravis d'apprendre que le fils d'Alexander Katsaros a finalement succombé aux charmes du mariage, dit Mlle Barrow en faisait les cent pas alors qu'elle parlait. Archimède, s'il vous plaît, présentez-nous votre époux.

Archie saisit alors la main d'Ondrej et le mena vers la piste de danse. Celui-ci se força à sourire et agita la main vers la foule. C'était le grand jour pour être présenté à la société, après tout.

Patricia Barrow tendit le micro à Archie. Il refusa timidement, agitant la main et secouant la tête avec un sourire, mais après qu'elle eut insisté, il céda.

Après avoir lourdement soupiré, il tint le micro devant sa bouche.

— Je suis sûr que mon père aurait apprécié d'être là. Il adorait venir à des événements comme celui-ci, et aimait parler aux gens. C'est un peu étrange d'être ici sans lui.

Archie baissa les yeux, les clignant rapidement plusieurs fois comme s'il retenait des larmes. Ondrej ignorait s'il jouait un rôle ou s'il était sincère. Un murmure de sympathie s'éleva dans la foule. Archie releva les yeux :

— Ce soir, au lieu de mon père, j'ai amené mon mari, Ondrej Kovac.

Archie le regarda avec ce qui ressemblait à une affection sincère. À présent, les murmures s'étaient fait plus joyeux.

— Je sais que c'est une surprise pour presque tous. C'était une surprise pour moi aussi. Mais j'ai juste… la première fois que j'ai posé les yeux sur Ondrej, j'ai su.

Pendant une seconde, Ondrej le crut.

Mais c'était une ruse. Et il joua le jeu. Il sourit et étreignit la main d'Archie. Leurs yeux se croisèrent pendant un bref instant. C'était un peu comme être à l'intérieur d'une boule à neige romantique. Rien en dehors de leur proximité immédiate n'était important.

Puis Patricia Barrow reprit la parole :

— C'est si mignon.

Son ton était condescendant et cela dérangea suffisamment Ondrej pour le sortir du fantasme où Archie et lui étaient de vrais jeunes mariés, follement amoureux l'un de l'autre.

— Dansez ! cria quelqu'un dans la foule.

Archie – qui était clairement un acteur doué, ne trahissant rien de la gêne qu'il devait ressentir, étant donné que le feu des projecteurs virtuels sous lequel ils étaient maintenant faisait transpirer Ondrej – demanda :

— Eh bien, nous n'avons pas vraiment eu de réception de mariage, n'est-ce pas ? Ondrej, veux-tu danser avec moi ?

— Oui.

L'orchestre reprit. Archie rendit le micro à Patricia puis tendit les bras. Ondrej savait qu'il devait jouer le jeu, alors il s'avança plus près d'Archie et se laissa attirer dans une danse dans le rôle du mené.

Archie avait une vaste envergure : un torse large et de longs bras. Il était en bonne forme – quelques après-midis par semaine, il quittait le bureau environ une heure pour aller faire du sport – et avait une certaine attitude protectrice. Ondrej se sentait plus menu, plus fragile. Il était à peine plus petit mais faisait vingt bons kilos de moins. Les bras d'Archie, en comparaison des siens, étaient forts et assurés. Ondrej avait l'impression d'être en sécurité entre eux, qu'on prenait soin de lui.

Il n'était pas habitué à suivre quand il dansait, mais Archie avait clairement l'habitude et était un meneur magistral. Ondrej devait se concentrer pour faire les pas à l'envers, mais Archie savait exactement comment appliquer de la pression avec ses mains et ses bras pour qu'Ondrej bouge en harmonie avec lui.

Ondrej se laissa donc mener, leva les yeux et croisa le regard pénétrant d'Archie. Pendant un instant, il y eut une infinité de possibilités. Son regard était ardent et intense, il s'y trouvait une passion réprimée. Ondrej eut l'impression qu'il pouvait être totalement avec cet homme de toutes les manières possibles, si seulement ils pouvaient démolir les fragiles barrières entre eux.

Parce qu'Archie était magnifique mais compliqué. Il était raffiné et compétent mais également irritable. Il était rebelle et intelligent. Il ne voulait pas de cette vie mais était déterminé à la vivre malgré tout. Ondrej était là pour les apparences, oui, mais peut-être qu'Archie avait besoin de lui non pas en tant qu'accessoire ou d'une source d'argent.

Peut-être qu'il avait besoin d'équilibre, d'affection, de quelqu'un dans sa vie pour donner du sens à tout le reste.

D'autres personnes les rejoignirent pour danser autour d'eux, mais Ondrej essaya de les ignorer. Il voulait que dure cette impression d'être vraiment avec Archie. Il voulait ses bras autour de lui, voulait que sa force le protège, voulait s'enfouir contre le large espace de son torse et simplement se délecter de leur proximité.

La musique monta en crescendo. Ondrej croisa à nouveau son regard. Puis ils s'embrassèrent.

Ondrej ne sut pas qui avait amorcé le baiser, mais cela n'avait pas d'importance, parce qu'il était parfait. Ils étaient entourés par des gens, des robes de bal de marque et du jazz, mais cela n'avait pas d'importance parce qu'ils s'embrassaient et ils étaient dans les bras l'un de l'autre, et pendant un instant fugace, ils furent seuls au monde.

Puis cela se termina.

La musique s'achevant, Archie recula. Il s'éloigna d'Ondrej. Puis ils furent assaillis de toutes parts. Des étrangers présentèrent à Ondrej leurs sincères félicitations et la bienvenue. Archie garda une main sur lui pendant tout ce temps, comme s'il avait peur qu'ils soient séparés par la foule et ne se retrouvent plus jamais. Ondrej le regarda et saisit son regard, mais Archie ne fit que lui sourire et hausser les épaules.

Peut-être qu'il détestait ce monde, mais il était doué pour y évoluer.

Tout comme Ondrej, alors il sourit, serra des mains et se détesta un peu d'avoir à feindre quelque chose qui semblait soudain à sa portée.

Chapitre Huit

ARCHIE soupira dès qu'ils ouvrirent la porte de chez eux.

— Je sais que tu es irrité par le projet de stade, mais…

— Non, dit Ondrej, se déplaçant derrière lui et l'encourageant à aller vers l'escalier.

Il posa la main sur l'épaule d'Archie et la glissa vers son cou.

— Ça me va de remettre ça à plus tard pour le moment, continua-t-il en attirant Archie jusqu'à ce qu'ils soient suffisamment proches l'un de l'autre pour sentir leurs souffles. J'ai autre chose à l'esprit pour l'instant.

Il embrassa Archie. Celui-ci grogna. Le baiser d'Ondrej était comme un verre d'eau après un après-midi sec et étouffant.

Ondrej passa les mains dans les cheveux d'Archie et se recula légèrement.

— Emmène-moi au lit, chuchota-t-il.

— Oui, répondit Archie.

Son pouls s'emballait sous l'effet de la nervosité, parce qu'il voulait faire ça bien, mais il voulait aussi profiter de cette opportunité. Il prit les deux mains d'Ondrej dans les siennes et les serra. Puis il passa un bras autour de celui d'Ondrej et le mena dans les escaliers. En chemin, Ondrej trébucha sur une marche et se mit à rire. C'était un son joyeux, un son agréable, un son qui indiquait que ce soir-là, il y avait de la magie dans l'air.

Archie le mena dans sa chambre, où le grand lit dominait l'espace. Il avait été fait plus tôt dans la journée parce que Hildy était passée, donnant l'impression que la personne qui vivait ici gardait les choses bien tenues. Pas que ça ait de l'importance, puisqu'ils étaient sur le point d'y mettre le bazar.

Archie embrassa Ondrej, glissant la langue dans sa bouche pour le goûter. Il l'attira près de lui et tira sur ses vêtements, voulant qu'ils disparaissent. Il encouragea Ondrej à aller vers le lit. Celui-ci s'agrippa aussi à Archie, passa les mains sous sa chemise au niveau de la taille et toucha sa peau.

— Enlève ça, marmonna Archie contre ses lèvres.

Ondrej avait dû comprendre, parce qu'il retira sa veste de smoking et la lança sur le côté sans mettre fin au baiser. Il enleva ensuite la veste, la cravate et le gilet d'Archie. Tout serait probablement jeté au sol et finirait terriblement froissé, mais Archie n'était pas sûr de s'en soucier.

Il voulait voir davantage Ondrej, alors il commença à le dévêtir, retirant respectueusement chaque vêtement, voulant savourer l'instant. Il essaya d'orienter les vêtements retirés vers une chaise ou la commode pour les sauver d'un horrible destin sur le sol, mais il ne fut pas sûr d'avoir réussi. Il était trop concentré sur le fait d'embrasser Ondrej, passant les mains dans ses cheveux, goûtant ses lèvres, pressant ses hanches contre les siennes.

Ondrej tendit la main entre eux et glissa les doigts sous la boucle de ceinture d'Archie.

— Oui, marmonna celui-ci, incapable de former des phrases cohérentes.

Ondrej lui défit la ceinture à un rythme tranquille, passant le cuir à travers la boucle, puis descendit lentement la fermeture éclair, en effleurant son sexe. Ce dernier était dur et tendu dans son slip, et Ondrej devait le sentir. Il frotta doucement ses doigts sur la bosse qu'il révélait avant de reculer et de glisser le pantalon d'Archie sur ses hanches. Quand la ceinture toucha le sol, Archie retira ses pieds de son pantalon.

— Tu es moins élégant sans tes vêtements, commenta Ondrej, défaisant sa propre ceinture. Moins sophistiqué. Moins riche. Juste un homme.

— Je ne suis qu'un homme tout le temps, dit Archie.

— Non. Je pense que, parfois, tu es plus que ça.

Archie ne put lui demander ce qu'il voulait dire par là parce qu'Ondrej l'embrassa à nouveau alors qu'il se tortillait pour ôter son pantalon. Puis ils se firent face, uniquement vêtus de leurs sous-vêtements. Ondrej souleva un sourcil. Archie fit un geste vers le lit, ce qui fit sourire Ondrej, qui recula. Il se dandina un peu le temps de retirer ses chaussettes, puis il s'affala sur le lit, son sexe dur pressé contre l'avant de son slip.

Ne sentant plus de nervosité, Archie enleva son slip et grimpa sur le lit.

Ondrej sourit à nouveau et passa les bras autour d'Archie. Ils s'embrassèrent encore, et ce dernier saisit l'opportunité de passer ses mains sur le torse nu d'Ondrej, qui était dans une étonnante condition physique pour quelqu'un qui passait autant de temps à se prélasser sur le canapé du salon. Ses pectoraux étaient clairement définis, il avait le ventre plat et des muscles ciselés se bandaient sur ses bras lorsqu'il les bougeait. Archie appréciait aussi le contraste entre leurs corps, le fait d'être un peu plus large qu'Ondrej et de pouvoir le recouvrir, le protéger, peut-être. Cela le faisait se sentir possessif, comme s'il avait maintenant quelque chose entre ses bras qui valait la peine de la chérir. Peut-être était-ce le cas.

Ondrej changea de position et écarta les jambes. Oh, c'était mieux. Archie se plaça entre ses jambes pour que son sexe nu s'aligne avec celui toujours habillé d'Ondrej. Ce seul contact envoya des étincelles à travers son corps. Il pencha la tête et embrassa Ondrej alors qu'il donnait des coups de reins contre lui. Son pouls s'emballa et il eut chaud partout alors qu'il passait ses doigts sur le haut du slip d'Ondrej et tirait dessus.

— Nu, murmura-t-il.

Ondrej se mit à rire doucement. Il incita Archie à s'écarter et retira son slip, s'exposant complètement devant lui pour la première fois. Son sexe était dur et volumineux, son corps entier défiant les attentes. Il était bronzé et sexy, et il haussa un sourcil d'invite à l'intention d'Archie.

Alors ce dernier se saisit de son membre et le caressa. Ondrej s'arqua au-dessus du lit et gémit. Archie attrapa son gémissement d'un baiser sur ses lèvres, le faisant se tortiller sous lui. Oui, oui, c'était ce qu'il voulait. Il voulait qu'il s'abandonne au plaisir qu'ils pouvaient aviver mutuellement. Il se rapprocha et appuya son pénis contre la hanche d'Ondrej, donna des coups de reins, se soulageant un peu.

Seigneur, cela faisait si longtemps qu'il n'avait pas été avec quelqu'un. Une vague nervosité, de l'excitation et du soulagement coulèrent dans ses veines. Ils se rapprochaient de quelque chose, Archie le savait, et ce n'était pas simplement d'une baise brûlante. S'en rendre compte fit s'emballer encore davantage les battements de son cœur. Il recula légèrement parce qu'il craignit soudain de jouir trop vite. Mais c'était tellement bon et Ondrej était si sexy, et maintenant ce dernier le touchait, passait ses mains sur son torse et lui pinçait les mamelons. Archie grogna et se rapprocha de nouveau, voulant presser son corps tout entier contre celui d'Ondrej.

Ils s'embrassèrent encore et Ondrej l'attira jusqu'à ce qu'il soit au-dessus de lui, ses hanches à nouveau nichées entre ses jambes écartées, seulement cette fois, ils étaient tous les deux nus. Ils avaient chaud et étaient moites, surtout de sueur maintenant, et ils se mouvaient l'un contre l'autre comme s'ils le faisaient depuis des années.

Archie voulait le pénétrer mais avait peur de le lui suggérer. Peut-être était-ce lui en demander beaucoup et trop vite.

Mais Ondrej lui dit :

— Je te veux en moi.

Archie grogna en réponse, incapable d'exprimer ce qu'il ressentait, c'est-à-dire son bonheur à l'idée de le baiser jusqu'à l'aube en sachant que ce serait parfait.

Il sortit du lubrifiant de sa table de chevet.

— C'était rapide, dit Ondrej.

— J'ai envie de toi, lui répondit Archie contre sa peau. J'ai envie de toi depuis des semaines.

Ondrej soupira et recula un peu. Archie prit alors le lubrifiant et en versa une quantité généreuse sur ses doigts. Il les glissa sur l'orifice d'Ondrej, ce qui le fit grogner.

— Pas vierge, alors, chuchota Ondrej en tremblant.

— Non. Je pensais qu'aucun de nous ne l'était.

— Moi non plus, mais je n'en étais pas sûr. Nous n'en avons pas parlé.

— Devons-nous le faire maintenant ?

Il plongea un doigt à l'intérieur d'Ondrej. Celui-ci se mit à tousser et à moitié à rire et s'arqua à nouveau au-dessus du lit.

— C'est juste que… dit-il en appuyant une main sur le torse d'Archie. J'ai vu le médecin il y a un mois. Je n'ai rien. Nous sommes mariés. Je…

Archie ferma les yeux.

— Nous nous sommes engagés.

Ce qu'il voulait dire, c'était qu'ils étaient dans une relation dans laquelle aucun d'eux ne coucherait avec personne d'autre. Il n'avait eu de relation avec personne depuis si longtemps qu'il était impossible qu'il ait attrapé quoi que ce soit. Il poussa un soupir.

— Je ne ferai jamais rien pour te mettre en danger.

Ondrej ferma les yeux et hocha la tête.

— Je sais.

Cette confiance représentait beaucoup, venant d'Ondrej.

— Dois-je m'arrêter pour que nous puissions avoir une plus longue discussion ?

Il le taquinait, et pour le prouver, il lui introduisit un autre doigt et le courba, espérant toucher sa prostate.

— Absolument pas, dit Ondrej en s'arquant à nouveau au-dessus du lit. Oh mon Dieu. Refais ça.

Il saisit les bras d'Archie et enfonça ses ongles dans sa peau alors que celui-ci le préparait. Il se tortilla de nouveau, appréciant clairement ce que son amant lui faisait, et rejeta la tête en arrière en gémissant. Puis il dit :

— Mon Dieu, Archie, si tu ne me baises pas maintenant, je vais perdre la tête.

— Il faut empêcher ça, dit Archie en se caressant, puis il lança le lubrifiant sur le côté.

Il s'aligna avec l'orifice d'Ondrej et poussa légèrement en avant.

— Est-ce que c'est bon ?

— Oui, Seigneur, encore !

Alors Archie poussa d'un coup de reins. Encore une fois, il était conscient du fait qu'il était plus large qu'Ondrej, que ce dernier était vulnérable et en dessous lui. Cela lui semblait être une fabuleuse responsabilité de prendre soin de lui. Ondrej arqua sa tête en arrière contre l'oreiller et cria :

— Encore !

Cela attira Archie dans l'instant, et il commença à donner des coups de reins.

Ondrej était étroit et chaud, et la sensation d'être en lui à nu était incroyable. Il lui administra des coups de reins, donnant de l'impulsion, adorant la friction et la manière dont le corps d'Ondrej le serrait. C'était brut, de la sueur et des grognements, quelque chose de bestial, mais c'était aussi magnifique, parce qu'ils s'embrassaient, se touchaient et exprimaient ce qui avait changé entre eux lorsqu'ils avaient dansé ensemble cette nuit. Peut-être qu'ils n'étaient pas amoureux, mais ils éprouvaient quelque chose de nouveau, quelque chose qui valait la peine qu'on s'y accroche.

Archie eut la pensée fugace qu'ils consommaient officiellement leur mariage. C'était un pas au-delà du seuil. Il était impossible de faire marche arrière maintenant.

Puis la pensée s'éloigna lorsque le cerveau d'Archie court-circuita et il ne put que ressentir. Son corps le picota et il eut soudain l'impression de courir vers un précipice. Il prit une profonde inspiration et ralentit, espérant faire traîner les choses avant de plonger dans l'oubli, mais à ce moment-là, Ondrej s'écria :

— Mon Dieu, plus vite, plus fort. J'y suis presque.

Archie se lâcha donc, ne se retenant plus. Il donna de vigoureux coups de reins rapides et tendit la main entre eux pour caresser le membre d'Ondrej. Ce fut magique et l'orgasme naquit quelque part près de la base de sa colonne vertébrale. Il retint son souffle, ne voulant pas encore s'y abandonner mais ne voulant pas se relâcher auprès d'Ondrej, qui griffait ses épaules et laissait échapper ce qui ressemblait à un chapelet de jurons, même si Archie ne pouvait que supposer, puisque tous les mots n'étaient pas en anglais.

Puis Ondrej murmura le nom d'Archie et donna un coup de reins contre lui avant de jouir, se resserrant autour de son pénis alors qu'Archie lui pompait le sien avec sa main. Ondrej éclaboussa leurs deux torses, gémissant sans discontinuer, son sexe vibrant dans la main d'Archie. Ce fut exaltant et magnifique.

Archie ne put se retenir davantage.

Il lâcha le membre d'Ondrej et lui saisit les hanches, se retenant de toutes ses forces alors qu'il continuait à lui donner les coups de reins dont il avait besoin pour terminer. Une fois qu'il sentit le picotement inévitable dans ses testicules, il attrapa les épaules d'Ondrej et l'attira dans ses bras. Il le tint près de lui alors qu'il le pilonnait de ses hanches encore une fois et se répandait en lui, jouissant dans un grognement.

Ce ne fut que lorsqu'il commença à redescendre de son orgasme qu'il sentit aussi les bras d'Ondrej autour de lui. Puis ce dernier déposa des baisers partout sur son visage et Archie eut la présence d'esprit de déplacer son menton pour pouvoir embrasser Ondrej droit sur ses lèvres. Celui-ci grogna dans sa bouche.

— Mon Dieu, c'était bon, chuchota Ondrej.

Archie se mit à rire malgré lui. Il se ramollissait, mais il était réticent à sortir d'Ondrej pour l'instant. Hélas, la nature prit le contrôle et il dut reculer quand il commença à avoir des démangeaisons.

— C'était bon, confirma-t-il.

— Tu sais, dit Ondrej, si dans, genre, une demi-heure, tu voulais refaire ça, je serais partant.

— Tu pourrais également passer le week-end entier ici avec moi, dans ce lit.

— Je pourrais.

— Tu ne le regretterais pas.

Ondrej sourit d'un air suffisant.

— Je m'en doute.

— Mais sérieusement. Dès que je pourrai la lever, j'aurai envie de toi.

Ondrej se redressa un peu.

— Oui, moi aussi. C'est dingue, hein ?

Archie se rallongea près d'Ondrej.

— Je veux dire, je n'ai rien de prévu ce week-end. J'étais sérieux au sujet de passer tout ce temps au lit ensemble.

Ondrej se retourna et passa un bras autour d'Archie.

— Je n'ai aucun problème avec ce plan.

Archie l'embrassa profondément.

— Bien. Donc il n'y a pas le feu. Si je faisais une petite sieste ou mangeais un morceau, tu n'aurais pas d'objection ?

— Je n'ai pas assez mangé à la fête non plus. Trop de petits fours prétentieux, pas assez de vraie nourriture.

Archie sourit et serra Ondrej contre lui.

— Là tout de suite, je pourrais vraiment me prendre un steak.

Ondrej se mit à rire.

— Oh mon Dieu, moi aussi. Penses-tu qu'il y ait un endroit qui nous en livrerait à cette heure de la nuit ?

— Nous sommes à New York. Bien sûr que oui. Le *diner* ouvert 24 heures sur 24 sur Amsterdam prépare des steaks convenables.

Ondrej s'éloigna d'Archie et se précipita hors du lit.

— Où est mon téléphone ? Il nous en faut absolument.

Archie se mit à rire et quitta le lit.

Chapitre Neuf

ONDREJ traînassait dans la maison, s'ennuyant. Archie l'avait invité à l'accompagner au bureau, mais il avait décliné. Il voulait vivre un autre jour dans l'illusion que les choses fonctionneraient, expédiant ainsi d'un coup de pied au loin la canette qu'était la discussion sur le stade. Ondrej devenait de plus en plus convaincu qu'un investissement continu dans un nouveau stade mettrait en faillite la Katsaros Holdings, déjà affaiblie, ce qui renforçait sa sensation générale qu'investir dans la société était comme jeter de l'argent par les fenêtres. Mais les choses avec Archie se passaient tellement bien qu'il ne voulait pas encore y faire face.

Mais rien dans la maison n'était véritablement intéressant. Il en avait déjà examiné attentivement chaque centimètre durant ses premiers jours en tant que résident. En se basant uniquement sur sa maison, Archie semblait affreusement ennuyeux. Oh, il gardait des livres partout, et une console de jeux reposait à côté de la télé dans la salle de séjour, et quelques vidéos de porno gay étaient rangées dans un recoin caché de l'armoire où il gardait ses DVD. Mais Archie n'était pas vraiment du genre à avoir des secrets. Il gardait clairement ses documents financiers surtout au bureau en ville, parce que chez lui son bureau était encombré de babioles mais avait autrement peu d'intérêt. Hildy gardait l'essentiel des pièces communes en parfait état. Les pièces étaient largement ornementales et non pratiques. Il supposait qu'Archie maintenait les pièces ainsi par respect pour sa défunte mère. Les seules pièces qui semblaient habitées étaient le salon, où Ondrej passait l'essentiel de son temps ces jours-ci, et la chambre d'Archie, où il venait de passer les dernières nuits… et en passerait peut-être d'autres à l'avenir.

Mais cela restait à voir. La bulle semblait avoir explosé quand Archie était parti au travail ce matin-là.

Ondrej se laissa tomber sur le canapé, se disant qu'il pourrait au moins s'abrutir avec la télé. Puis le téléphone fixe sonna.

Ondrej répondit et une femme se présenta :

— Je suis Nancy Smalls. J'appelle des Services de l'Immigration et de la Citoyenneté Américaine. J'ai une demande de carte verte pour Ondrej Kovac ?

— C'est moi.

Ondrej était impressionné que Mme Smalls ait bien prononcé son nom du premier coup – même si elle gérait probablement des noms étrangers quotidiennement – mais des papillons tourbillonnèrent tout de même dans son ventre. C'était là qu'il se ferait prendre. Tout ceux à qui il avait parlé avaient juré que les cartes vertes étaient assez faciles à obtenir et que le CIS enquêtait rarement. Alors pourquoi l'appelaient-ils ?

— Oui, bonjour, M. Kovac. Il est dit ici que vous avez fait une demande de changement du statut de votre visa. Vous êtes conscient que votre visa de travail a expiré il y a trois semaines.

— Oui. Mais je me suis marié, donc j'ai fait une demande de changement.

Il prit une profonde inspiration. Cela empirerait si l'employée à l'autre bout était homophobe, mais il se dit qu'il ferait aussi bien de tout déballer.

— Mon mari est un citoyen américain.

— Oui. Bien sûr. Eh bien, j'aimerais programmer un entretien. Juste pour vérifier. Voir comment vous vous habituez. Et, bien sûr, je dois vérifier certaines choses pour traiter les papiers. Quand est-ce que votre mari et vous serez disponibles la semaine prochaine ?

Ondrej ne connaissait toujours pas très bien l'emploi du temps d'Archie, mais il conclut qu'en tant que patron de sa société, il pouvait partir quand il le voulait, à moins d'avoir une réunion du conseil de programmée. Et puisqu'Ondrej prétendait être un homme entretenu, son emploi du temps était ouvert. Il prit donc rendez-vous pour un jour de la semaine suivante.

Après avoir raccroché le téléphone, il fixa l'écran éteint de la télé. Maintenant, il se tracassait au sujet de Nancy Smalls en plus de s'ennuyer. Il avait passé l'essentiel de l'été à explorer la ville, mais il ne pouvait aller dans des musées seul qu'un certain nombre de fois, et maintenant qu'il était marié avec Archie et que sa photo avait été publiée dans les tabloïds et sur le site Internet de Priscilla Zimmer, ce n'était pas comme s'il pouvait tuer le temps en flirtant avec des garçons dans des bars – pas qu'il voulait faire ça non plus, pas après leur week-end. Il se sentait piégé, sans but. Il savait qu'Archie lui avait offert une opportunité avec ce bureau à Katsaros Holdings, et il avait l'intention de l'utiliser, mais… s'il avait voulu passer toute la journée dans un bureau, il aurait pu rester à Prague.

Mais il ne pouvait pas s'arrêter de se demander quelles choses Nancy Smalls devait vérifier. Il aurait aimé savoir si les rumeurs disant qu'il avait épousé Archie pour son argent s'étaient répandues. Il devait avoir eu l'air d'un vrai connard pour tous ceux qui présumaient qu'il l'avait épousé à la fois pour son argent et la carte verte. À quel point serait-il facile pour le CIS de regarder dans les finances d'Archie et de voir qu'il était fauché ? Verraient-ils l'argent qu'il avait investi comme le paiement qu'il était vraiment ? Est-ce qu'ils croiraient qu'Archie et lui étaient vraiment amoureux ? Que se passerait-il s'ils refusaient sa demande ?

Il devait faire quelque chose pour se distraire des questions qui tourbillonnaient dans son esprit. Mais que diable allait-il faire pour s'occuper ?

Il pensa à appeler Archie pour lui parler de l'entretien, mais il se dit que le meilleur moyen d'alléger son ennui serait de sortir de la maison.

ARCHIE fut surpris de voir Ondrej à la porte de son bureau.

— Je croyais que tu restais à la maison aujourd'hui.

Ondrej entra et ferma la porte.

— C'était le cas, mais nous avons un problème.

— Est-ce à propos du projet de stade ? Parce que…

Ondrej secoua vigoureusement la tête et s'assit dans un des fauteuils libres. Il voulait toujours discuter de ça, mais ils avaient d'autres problèmes plus urgents.

— J'ai reçu un appel de l'immigration. Enfin, des Services de l'Immigration et de la Citoyenneté.

— Oh.

Archie eut des sueurs froides car malgré tout, il sentait toujours la menace qui planait et que cette imposture pourrait être sur le point d'être révélée. Peut-être qu'Ondrej et lui se frayaient un chemin vers quelque chose, mais ils n'étaient certainement pas follement amoureux. Les choses avec lui semblaient encore fragiles.

— L'agent qui a appelé voulait arranger un entretien, dit Ondrej en secouant à nouveau la tête. J'ai lu en ligne que la plupart des cartes vertes qu'on demande à cause d'un mariage sont approuvées parce que le CIS n'a pas les ressources pour interroger ou enquêter, je pensais donc vraiment que nous étions à l'abri du moment que nous maintenions les apparences en public.

Archie avait cru la même chose. Il avait fait enquêter Marketa quand ils avaient établi ce plan, et elle lui avait essentiellement dit que tout irait bien.

— Je présume, dit Ondrej, que le timing joue un rôle. L'agent qui a appelé semblait suspicieuse du fait que mon visa de travail a expiré juste avant de nous marier. Et cette affaire a probablement été portée à son attention à cause de ton profil relativement public.

Archie fronça les sourcils. Bien sûr. Son nom avait circulé aux informations depuis que son père était mort. Il avait été nommé un des célibataires les plus convoités de New York quand il avait la vingtaine. Il avait essayé d'éviter l'attention des médias, mais ils arrivaient encore parfois à le trouver. La plupart des gens qui couvraient les affaires présumaient qu'il prendrait la tête de la société, et maintenant il était impliqué dans ce nouveau projet de stade des Eagles à Brooklyn, il supposait donc que se cacher des reporters n'était pas une option. Il pensait toujours que le stade était un bon investissement, surtout si les Eagles continuaient à bien jouer au base-ball et faisaient venir les gens pour les matchs à domicile. Ses plans prévoyaient des moyens de convertir facilement l'espace en une salle de concert et un espace polyvalent en hors-saison. Le dôme rétractable dans le plan d'origine devrait probablement être abandonné, mais une approche simplifiée pour construire ce stade pourrait potentiellement sauver la société. C'était un bon plan à long terme, Archie le soutenait. Avec un peu de chance, l'argent d'Ondrej et quelques investisseurs solides les maintiendraient à flot entre-temps.

Mais c'était risqué. Le dernier projet à cette échelle dans la ville avait fait perdre à ses développeurs une bonne somme d'argent sur le court terme. Ils l'avaient rapidement récupéré une fois que l'endroit avait ouvert, mais c'était le genre de coup dont Katsaros pourrait ne pas pouvoir se remettre. Archie pensait qu'ils pouvaient encore réussir s'ils agissaient intelligemment. Mais convaincre Ondrej et le conseil de l'efficacité de ce plan serait difficile.

Et la question ne se poserait plus si Ondrej était expulsé.

— L'entretien aura lieu jeudi prochain, l'après-midi. Elle a également requis ta présence.

— Très bien, répondit Archie en parcourant mentalement son calendrier. Ça devrait être bon.

— Nous devrions probablement… Je ne sais pas. Nous entraîner. Elle pourrait poser des questions précises, et il y a encore beaucoup de choses que nous ne savons pas l'un sur l'autre.

Il en faudrait beaucoup pour endiguer le flot de panique d'Archie. Il était impossible qu'ils puissent réussir à être convaincants. Ondrej avait raison. Malgré le week-end empli de sexe, ils se connaissaient toujours à peine. Il ne connaissait vraiment que la surface. Il savait où étaient tous ses grains de beauté, ses cicatrices et où se trouvaient ses imperfections. Il avait passé des heures à regarder et à toucher l'intégralité de sa peau. Il était plus enchanté par cet homme maintenant qu'il ne l'avait été une semaine auparavant. Mais tout ce qu'il savait de l'homme, c'était qu'Ondrej avait grandi à Prague et semblait avoir un bon sens des affaires. Il avait un sens de l'humour sardonique. Mais… avait-il des frères et sœurs ? Avait-il eu des animaux de compagnie dans son enfance ? Que faisait-il à Prague avant de déménager aux États-Unis ? Que faisaient ses parents ? Archie ne le savait pas.

— Est-ce que… est-ce que tu paniques ? demanda Ondrej.

Archie ne s'était pas rendu compte que son souffle était devenu court. Il avait soudain des difficultés à respirer.

— Je… Je pense que peut-être…

Ce n'était pas tout à fait une crise de panique. Archie en connaissait les sensations, même s'il n'en avait pas eu depuis des années. Mais ce serait un prélude à quelque chose de plus sérieux s'il ne pouvait pas contrôler sa respiration. Il essaya de prendre une profonde inspiration, mais elle fut tremblante.

Ondrej fit le tour du bureau en un éclair et plaça sa main sur la nuque d'Archie.

— Penche-toi en avant. Mets la tête entre tes jambes. Inspire profondément.

Archie fit ce qu'il lui disait et réussit au moins à ramener sa respiration à la normale, mais la panique ne s'apaisa pas beaucoup.

— Que diable allons-nous faire ? demanda-t-il toujours dans la même position.

— Je n'en suis pas sûr.

Ondrej frotta le dos d'Archie. On aurait dit de l'affection.

— Mais nous pourrions essayer d'apprendre à nous connaître, continua-t-il. Passer du temps ensemble. Nous avons environ une semaine et demie pour trouver un moyen.

Archie se redressa et regarda Ondrej.

— Très bien. Je me sens partant si tu l'es. Peut-être que nous pourrions trouver quelque chose d'intéressant à faire ensemble ce week-end.

C'était un peu comme demander à son mari de sortir avec lui, mais Ondrej sourit et dit :

— Ça a l'air charmant.

— Est-ce que tu es vraiment venu ici juste pour me dire que nous allions être interrogés par une femme du CIS ?

— Essentiellement, oui. J'étais nerveux à la maison.

— As-tu prévu de rester dans le coin cet après-midi ?

— Ça se pourrait bien. Et si nous dînions ensemble plus tard ?

Et cela ressemblait un peu aussi à un rendez-vous. Ce n'était probablement pas l'intention d'Ondrej, mais quelque chose dans son ton fit penser à Archie qu'il voulait vraiment qu'ils apprennent à mieux se connaître, peut-être au-delà du fait de simplement impressionner une femme des services de l'immigration.

— J'aimerais ça, dit Archie.

Ondrej sourit.

— Bien. Alors je vais abuser de ton hospitalité en allant chercher du café et en lisant dans mon bureau. Est-ce que tu veux quelque chose à la cuisine ?

— Non, ça va.

Et ce n'était pas très loin de la vérité.

Chapitre Dix

UNE opportunité de mettre en application le plan pour
« passer du temps ensemble » se présenta plus tard cette
semaine-là. Cathleen Brandt envoya un e-mail à Archie
au sujet d'un événement de plaisance, lui disant qu'il
devait absolument y faire une apparition s'il voulait
être à la hauteur de sa réputation en tant que le Aristote
Onassis gay.

— Des yachts ? dit Ondrej quand Archie mentionna
l'invitation.

— De grands bateaux luxueux.

Ondrej soupira et s'enfonça sur sa chaise devant la
table de la cuisine.

— Je sais ce qu'est un yacht. C'est juste que…
étant donné que nous essayons de renflouer ta société,

ça ressemble vraiment à une démonstration de richesse flagrante.

— Je m'en rends compte. Mais nous la voulons, cette démonstration de richesse flagrante. Nous souhaitons que les gens pensent que Katsaros réussit, dit Archie en sortant son téléphone et en affichant l'e-mail pour le montrer à Ondrej. Le truc, c'est que personne ne connaît l'état actuel de la société, que toi et moi nous soyons remarqués serait donc probablement bon pour nous. Si la bande habituelle est là, il y aura vraisemblablement la presse. Cela nous ferait bien paraître, non ? Et c'est sans doute bon pour les affaires si j'ai l'air confiant et pas d'un raté.

Ondrej soupira lorsqu'Archie lui tendit le téléphone. Il lut l'e-mail et lui rendit.

— Je suppose que tu as raison.

— Sans parler du fait qu'être vus ensemble en public pourrait impressionner Mme Smalls.

— C'est vrai.

— Ma cousine a un chouette bateau dans une marina près de Bridgeport, dans le Connecticut, qu'elle nous laissera probablement emprunter pour un après-midi.

— Sais-tu le piloter ?

Archie souleva un sourcil.

— J'ai grandi avec un Grec qui adorait la mer. J'ai été élevé sur des bateaux comme celui-là. Je pourrais le piloter les yeux fermés. Mais c'est loin d'être une compétition. Nous naviguerons paisiblement dans le détroit pendant quelques heures puis nous nous rendrons à une fête dans un yacht club près de la marina.

— Juste nous sur le bateau ?

— Si c'est ce que tu veux. Mais nous pouvons inviter des gens pour nous accompagner. Ma cousine adore ce genre de choses. Elle s'appelle Samantha, mais se fait surnommer Sam. C'est la fille de la sœur de ma mère. La plupart de mes autres amis ont leur propre bateau, mais si tu veux amener Amy, tu peux.

Amy semblait être la personne dont Ondrej était le plus proche à New York.

— Très bien. Je vais y réfléchir.

Archie remit son téléphone dans sa poche.

— Ça pourrait être amusant. Le soleil, l'air marin. Nous serions sur un bateau qui coûte plus cher que certains appartements. Sam n'a pas regardé à la dépense. C'est un superbe bateau avec beaucoup d'équipements. Puis nous irons à la fête et je t'exhiberai.

Ondrej lui lança un sourire contrit, puis se mit à rire.

— Y aura-t-il de l'alcool à cette fête ?

— Sans aucun doute. Probablement des amuse-bouches prétentieux aussi.

— Oh, eh bien, si de la nourriture prétentieuse est inclue.

Archie sourit malgré lui, se pencha et lui donna un rapide baiser sur la joue.

— J'admets avoir une arrière-pensée, dans le sens où quelques-uns des cadres de sponsors potentiels pour le projet du stade pourraient bien être de la fête, et j'aimerais faire un peu de relationnel.

Ondrej hocha lentement la tête.

— Oui. Je comprends pourquoi c'est important.

— Donc tu viendras ?

— Eh bien, oui. Mais j'emmène Amy. Et de la Dramamine. Je ne suis pas à l'aise sur les bateaux.

— Marché conclu.

— **C'EST** incroyable, dit Amy.

Ondrej n'était pas de cet avis. Ce n'était probablement qu'une question de temps avant qu'il ne rende son déjeuner par-dessus le bord de ce fichu bateau énorme. Il était assis sur le pont supérieur avec Amy, qui insistait en lui disant que l'air sur son visage l'aiderait pour son mal de mer, mais lui était presque sûr que sa nausée ne s'atténuerait pas avant qu'il ne soit de retour sur la terre ferme.

Samantha et son mari, Todd, étaient assis en face d'eux. Todd semblait très rigide, mais Sam ne cessait de pointer du doigt, enthousiasmée, des monuments et des choses intéressantes sur le littoral. Ondrej ne regardait pas. Il avait découvert que s'il se concentrait sur un endroit particulier sur l'horizon, la nausée était à peu près supportable. Mais Amy semblait boire ses paroles.

Archie se tenait devant la roue du gouvernail, des lunettes de soleil protégeant ses yeux, et il avait l'air d'y avoir sa place. Il était remarquablement beau, ses cheveux bouclés tombaient avec désinvolture sur son front, ses vêtements onéreux et bien taillés et son bouc lui donnaient l'air légèrement peu recommandable. Son assurance derrière le gouvernail était sexy à mort.

Ondrej aurait simplement aimé ne pas se sentir aussi mal, pour pouvoir mieux apprécier son beau mari.

— Je ne suis jamais montée sur un aussi chouette bateau, dit Amy, surtout à Sam. Mes parents ont un petit hors-bord qu'ils sortent sur un lac dans le Connecticut, et il est sympa, mais celui-là lui donne l'air d'être une boîte en carton. Seigneur ! Sens comme ces sièges sont doux, Ondrej. Comme du velours.

Elle caressa les sièges.

— Si vous avez faim, j'ai emballé de quoi faire des sandwichs, il y a aussi des chips et autres dans la cuisine en bas.

Sam fit un geste vers la petite échelle qui menait sous le pont.

À la perspective de nourriture, Ondrej eut à nouveau un haut-le-cœur. Il se serra le ventre et s'accrocha au bastingage.

— Tu es blafard, dit Amy.

— Ça ira mieux une fois que la Dramamine fera effet.

— Ce dont tu as besoin, c'est d'une distraction. Hé, Archie !

Celui-ci bricola avec la vitesse du bateau. Ils n'allaient pas vraiment vite, mais apparemment c'était juste assez rapide pour que le corps d'Ondrej se rende compte qu'ils étaient sur l'eau. Ils ralentirent davantage.

— Quoi ?

— Viens t'occuper de ton mari.

Archie leur jeta un coup d'œil.

— Ondrej ? Est-ce que ça va ?

— Je pense que je suis mourant.

Todd sauta sur ses pieds.

— Je peux reprendre le pilotage.

Archie lui passa donc le gouvernail et alla s'asseoir à côté d'Ondrej.

— Tu n'es vraiment pas bien sur les bateaux.

— Je viens d'un pays sans littoral. Qu'est-ce que tu me veux ?

— N'y a-t-il pas une rivière à Prague ? demanda Amy.

— Tais-toi.

Archie leva une main.

— Viens avec moi dans la cuisine. Nous allons voir si nous pouvons trouver du Canada Dry.

— OK.

Ondrej lui prit la main.

Il fut surpris de constater qu'une fois sous le pont et ne voyant plus le littoral passer à toute vitesse, il ne se sentait plus aussi malade. Archie le mena à la cuisine, qui était minuscule mais malgré tout très bien aménagée. Il ouvrit un petit frigo et en sortit une petite bouteille qu'il lui tendit.

Ondrej prit quelques lentes inspirations. Alors qu'il luttait avec la bouteille, Archie s'avança, la lui ouvrit et leurs doigts se frôlèrent. C'était un petit geste si tendre qu'il serra le cœur d'Ondrej.

— Merci, dit-il.

— Est-ce vraiment insoutenable ?

Ondrej prit quelques gorgées et essaya d'évaluer comment il se sentait.

— C'est un peu mieux.

Archie sourit.

— Est-ce que cela t'aide ?

Ondrej ne put s'empêcher de lui rendre son sourire.

— Un peu.

Archie lui écarta une mèche de cheveux errante du visage. Il se pencha en avant et l'embrassa sur le front. La chaleur réconfortante de son corps fit oublier à Ondrej le balancement de la mer pendant un instant.

Il voulait étreindre Archie, se rapprocher de ce réconfort, alors il le fit. Il passa un bras autour de son torse, et Archie lui rendit son étreinte. C'était... agréable. Ondrej avait un peu couché à droite et à gauche quand il était arrivé à New York, mais il ne s'était pas rendu compte à quel point il désirait une

affection sincère avant d'avoir emménagé avec Archie.
Et durant la semaine passée, il en avait eu en abondance.

— Avez-vous bien tout trouvé ? lança Sam.

Elle entra dans la cuisine et se mit à rire.

— Désolée, je ne voulais pas vous interrompre.

— C'est bon, dit Archie en se détachant.

Son contact manqua à Ondrej mais il se contenta
de siroter sa boisson

— Ah les jeunes mariés, dit Sam en gloussant. Je
me souviens comment c'était.

— Ce n'est pas romantique si je vomis partout sur
Archie.

— Donnez à Todd un peu de temps pour frimer
devant le gouvernail. Puis nous pourrons retourner à
terre.

Ondrej hocha la tête. Il détestait écourter cette
petite croisière, mais il se sentait vraiment mal. Il sirota
encore un peu de Canada Dry et se frotta le front.

— Désolé. Je ne suis pas fait pour les bateaux.

— Ça arrive aux meilleurs d'entre nous, dit Sam
en souriant avant de tapoter l'épaule d'Archie. Tu
remarqueras que ma fille n'est pas là. Elle n'a pas le
pied marin non plus. Elle vomit à chaque fois que nous
sommes sur l'eau.

Archie se mit à rire. Il passa un bras autour
d'Ondrej et se mit à le guider vers l'échelle qui menait
au pont.

— Et comment va Desiree ?

— Très bien. En plein dans les entretiens pour les
lycées maintenant. Dalton semble prometteur.

Ils parlèrent d'école et de trucs d'adolescentes
tandis qu'Ondrej se réinstallait dans son siège sur le
pont. Il était un peu moins nauséeux, et boire du Canada
Dry lui donnait une excuse pour ne pas contribuer à la

conversation. Amy lui lança un regard compatissant et lui tapota le genou.

Si son état de s'améliorait pas, la journée allait être longue.

ONDREJ était encore très pâle lorsqu'ils se dirigèrent vers le yacht club. Archie lui tendit le bras, et il y glissa la main puis enroula son bras autour.

— Tu te sens toujours nauséeux ?

En réponse, Ondrej appuya son visage contre son épaule.

Sam claqua la langue comme si elle désapprouvait, mais Amy se mit à rire, prenant apparemment du plaisir dans la détresse d'Ondrej.

Cathleen Brandt accueillit Archie aimablement et s'enquit d'Ondrej.

— Nous sommes sortis sur le bateau de Sam aujourd'hui, dit Archie. Ondrej n'a pas encore tout à fait le pied marin.

— Ce n'est pas un bateau, répliqua Ondrej contre le bras d'Archie. C'est machine qui donne la nausée.

Cathleen se mit à rire.

— Ça s'améliorera, chéri. J'ai été malade la première fois que je suis sortie sur le Celtic Mermaid.

— C'est le nom du yatch des Brandt, expliqua Archie à Ondrej.

Ce dernier releva la tête et sourit faiblement à Cathleen.

— J'avais deviné.

— Ma famille pilote des bateaux dans le Détroit de Long Island depuis des générations, mon père n'arrêtait pas d'insister en me disant que ça me viendrait naturellement. C'est mieux que ça ne l'était avant, mais j'ai encore le mal de mer parfois.

Ondrej hocha la tête.

— Archie, tu aimes beaucoup la mer, hein ?

Archie tendit la main pour repousser les cheveux du front en sueur d'Ondrej.

— Oui. Je l'ai toujours aimée. Mais en fait, je n'étais pas allé dans le détroit depuis un moment.

Ondrej soupira.

— Je suis désolé de nous avoir fait revenir plus tôt.

— C'est bon. J'ai pu piloter un peu. Je suis sûr que je recommencerai bientôt.

— Eh bien, il y a de la nourriture partout, dit Cathleen en faisant un geste vers la pièce. Peut-être que vous n'êtes pas encore prêt à manger, mais les espèces de petites quiches que les serveurs promènent sont particulièrement divines.

Cathleen s'avança pour accueillir d'autres invités. Archie s'inquiétait qu'Ondrej se sente aussi misérable, mais celui-ci lui signala qu'il y avait un bar.

— Je pense que quelque chose de pétillant ferait l'affaire.

Archie lui prit donc une boisson puis lui fit faire le tour pour rencontrer divers invités.

Une femme plus âgée qu'Archie ne connaissait pas s'approcha et fit la bise sans contact à Sam.

— C'est un plaisir de vous voir, Samantha.

— Vous connaissez mon cousin, Archie Katsaros.

Archie lui serra la main.

— Oh, bien sûr. Le Aristote Onassis gay. C'est comme ça que vous appellent les pages people, n'est-ce pas ?

Il commençait à détester ce surnom, mais après avoir jeté un coup d'œil à Sam, il répondit :

— Je suppose que oui.

— Archie, voici Phyllis Decker. Elle…

Phyllis tendit la main.

— Des Decker de Westport.

— Bien sûr, dit Archie, ce nom ne lui étant que vaguement familier.

— Et la moule accrochée à votre bras est votre époux, je suppose.

Ondrej leva de nouveau la tête et lui tendit sa main libre.

— Enchanté, dit-il.

— Ondrej a encore un peu le mal de mer, dit Archie. En tout cas, j'ai déjà entendu la comparaison avec Onassis, mais je ne suis pas sûr qu'elle soit vraiment appropriée.

— Tous les deux des magnats grecs, non ?

Archie ne put s'empêcher de froncer les sourcils.

— Je suppose.

— Il m'a dit de commencer à chercher des chapeaux tambourins, dit Ondrej doucement. Il apprécie la comparaison. Je suppose que si j'apprends un jour à faire du bateau, je pourrais porter de grosses lunettes Jackie O.

— Ce dont vous avez besoin, dit Phyllis en levant une main, c'est d'un projet. Quelque chose dans lequel investir. Je sais que vous êtes jeunes, mais c'est là que vous créez ou détruisez votre carrière.

Archie ne voulait pas de conseils d'affaires de la part d'une femme qui avait l'air assez âgée pour être sa grand-mère. Il s'interrogea sur ses références. Peut-être qu'il était irréfléchi, mais il ne pouvait pas s'imaginer comment quelqu'un d'aussi âgé et au sang bleu que Phyllis pourrait savoir ce qu'il devrait faire de son temps.

— Phyllis possède une part majoritaire à Olympic Shipping, dit Sam.

Et là, tout se mit en place. Olympic Shipping était l'un des plus gros transporteurs de marchandises du pays. Il en contrôlait la distribution par train et par avion à travers une bonne partie des États-Unis. Et cette femme possédait une part majoritaire ? Archie se sentit coupable de l'avoir mal jugée.

— J'ai hérité de la position de PDG de mon défunt mari, mais je me suis faite au rôle de dirigeante comme un poisson dans l'eau, dit-elle à Ondrej.

— C'est vrai, dit Sam.

Archie hocha la tête, parce qu'il se souvenait maintenant que Phyllis avait merveilleusement réussi, modernisant la société et étendant son portefeuille. Elle pourrait être une alliée après tout.

— Peut-être qu'une plus longue conversation s'impose à une date ultérieure, dit Archie. En tant que nouvelle chaire à Katsaros Holdings, je cherche à mener la société dans le vingt-et-unième siècle et au-delà.

C'était une réplique clichée, mais elle fonctionna.

— Des investissements, mon cher garçon, des investissements intelligents, c'est ce dont vous avez besoin. Qu'avez-vous à l'esprit ?

— Un nouveau stade de base-ball.

Elle hocha la tête.

— Oui, bien sûr. Un beau projet, qui pourrait être très lucratif. J'aimerais en discuter avec vous davantage quand je n'aurai pas bu autant de champagne. Et si nous déjeunions ensemble la semaine prochaine ?

Après qu'Archie et Phyllis eurent échangé leurs coordonnées, Ondrej lâcha enfin son bras.

— Tu te sens mieux ? demanda Archie.

— Oui, et je suis stupéfait que tu aies géré ça aussi aisément. Bien joué.

— Je ne suis pas si mauvais en relationnel.

— Non. Pas du tout.

— Katsaros investit dans le projet de stade des Eagles ? demanda Todd, en s'animant tout à coup.

Amy semblait intéressée aussi.

— Je n'avais pas entendu parler de ça non plus.

— Si Archie arrive à ses fins, dit Ondrej.

— Si je prouve au conseil que c'est un bon investissement, continua Archie. Et je pense qu'il l'est.

Todd bavarda base-ball pendant quelques minutes. Archie eut des difficultés à le suivre alors que Todd plongeait dans ses connaissances profondes des joueurs et des statistiques – lui était davantage un fan occasionnel – mais il hocha la tête, sourit et murmura des monosyllabes affirmatives quand cela semblait approprié.

— Donc tu es pour, conclut Archie.

— Oh, absolument. Peut-être que nous devrions déjeuner ensemble nous aussi.

Archie se sentait donc plutôt bien une heure plus tard, après avoir discuté de ses plans d'investissement avec une douzaine d'autres personnes. Un certain nombre avait indiqué être prêtes à signer, ce qui lui donnait l'impression qu'il pourrait réunir la mise de fonds dont il avait besoin pour faire décoller le projet.

— Je suis impressionné, dit Ondrej, sirotant son vin blanc maintenant que son estomac s'était enfin calmé. Il se pourrait bien que tu réussisses.

— Ce ne sont que des promesses de réunions et de davantage de discussion. Il n'y a rien de concret encore.

— Non, mais je ne pense pas t'avoir déjà vu en action comme ça avant. C'est plutôt sexy.

— Ouais ?

— Ouais. Regarde-toi, à faire des courbettes. J'aime cet Archie des affaires bien mieux que celui qui crie sur ses employés.

— Une approche plus gentille et plus douce, hein ?

— Exactement, dit Ondrej en souriant. Y a-t-il quelqu'un d'autre ici que je doive rencontrer ?

— Pas vraiment. Nous pourrons retourner en ville quand tu auras fini ton verre de vin, si tu veux.

— Les gens vont-ils pouvoir danser, à ton avis ?

Il y avait de la musique douce, mais Archie avait vu un groupe d'hommes transporter des étuis à instrument quelques minutes plus tôt.

— Probablement.

— Alors restons pour une danse.

— Tu veux danser avec moi ?

— Bien sûr. J'aime danser avec toi. Tout ce sang bleu, je suppose, dit Ondrej avec un sourire. Tu as la vraie danse dans tes gènes.

Archie sourit, touché qu'Ondrej veuille afficher leur nouvelle affection mutuelle si publiquement.

— J'adorerais ça alors. Nous pouvons rester pour autant de danses que tu voudras.

Ondrej sourit, et il avait l'air si juvénile et beau ainsi, qu'Archie en fut charmé. Il lui tendit le bras et prit sa main, entrelaçant leurs doigts.

Sam passa à côté d'eux et fit des bruits comme si elle s'étouffait.

— Vous, les tourtereaux, êtes horribles. L'amour naissant, qui en a besoin ?

Archie se mit à rire.

— Merci, Sam.

Elle sourit.

— Je ne vais pas vous mentir, il y a une sorte de pari quant à savoir si votre mariage est réglo. Quelqu'un a eu vent du fait qu'Ondrej, ici présent, a fait une demande de carte verte.

— Pour rester avec Archie, répondit celui-ci.

— Eh bien, moi je le sais. J'ai hâte de dire à tous les coincés du yacht club que vous si mignons ensemble que c'en est à vomir.

— Merci, dit Archie. Je te crois.

Sam donna malicieusement un coup de poing sur son bras.

— En dépit du mal de mer d'Ondrej, vous semblez vraiment heureux. Es-tu heureux, Archie ?

Celui-ci regarda Ondrej.

— Tu veux que je te dise ? Je pense qu'il se pourrait bien que je le sois.

Chapitre Onze

LUNDI, après que la brume du week-end se fut dissipée, Archie passa du temps sur sa proposition de stade des Eagles pour le conseil. Il sortit de son bureau pour demander à Marketa ce que cela coûterait de constituer une brochure brillante qui serait sûre d'impressionner n'importe quel investisseur potentiel. Ondrej arriva devant son bureau en même temps que lui.

— Bonjour, le salua Archie.

Pour la galerie, il se pencha et donna un petit baiser sur les lèvres d'Ondrej. Ou peut-être que c'était pour lui-même. Marketa savait exactement quel genre de mariage c'était.

— Bonjour, Archie, dit Ondrej en souriant. Je me suis rendu compte que j'avais laissé un livre dans mon bureau la semaine dernière, alors je suis passé le chercher. Est-ce que tu es occupé ?

— Malheureusement.

— Peut-être que je vais travailler un peu, alors.

Ondrej prit le couloir vers son bureau. Archie le regarda partir avant de se retourner vers Marketa et de lui poser sa question. Après qu'elle eut accepté de faire des recherches, il retourna à son bureau et à la proposition de stade. Mais il était distrait maintenant, préoccupé par l'idée qu'Ondrej travaillait au bout du couloir.

La fête du yacht club avait été vieux jeu mais plutôt amusante, en y réfléchissant. Ce n'était pas aussi formel qu'un gala de charité. Il s'était senti davantage dans son élément. Ses connaissances semblaient s'habituer à eux en tant que couple. Danser avec Ondrej avait été amusant et romantique. Ils étaient rentrés de la fête et avaient passé une grande partie du dimanche au lit, se prélassant, parlant et mangeant ce qu'ils pouvaient se faire livrer. Cela avait été agréable. Il ne s'était pas autant amusé depuis des mois.

Ce lundi matin avait été comme un pas en arrière vers la réalité. Il savait qu'Ondrej avait encore quelques réserves sur le projet du stade, mais ils n'en avaient pas discuté. À la place, ils avaient tacitement décidé ne pas en parler, peut-être pour maintenir l'harmonie. Ou parce qu'il y avait un problème plus urgent : la perspective de devoir affronter la femme de l'immigration qui les interrogerait plus tard dans la semaine. Y penser le faisait à nouveau paniquer.

Plus tard dans l'après-midi, Ondrej passa.

— Donc, j'ai réfléchi à l'entretien de jeudi.

Archie poussa un soupir.

— Toi aussi ? J'ai été obnubilé par ça tout l'après-midi au lieu de travailler.

Ondrej hocha la tête.

— Eh bien, je me demandais… Est-ce que tu es libre pour dîner ce soir ? Nous pourrions avoir un vrai rendez-vous.

— Un rendez-vous ?

— C'est quand deux personnes sortent ensemble et essaient d'apprendre à se connaître.

— Oui, je sais ce que c'est. Tu veux avoir un rendez-vous avec moi ?

Ondrej sourit.

— Tu es mon mari.

Archie n'arrêtait pas de l'oublier.

— C'est vrai. Eh bien, d'accord.

— Nous pourrons comparer nos notes. Nous assurer que nous en savons assez l'un sur l'autre pour berner l'enquêtrice.

Bien sûr. Un rendez-vous pragmatique, pas un rendez-vous romantique. Parce que le sexe et les deux dernières semaines mis à part, certaines de leurs interactions ressemblaient toujours à des transactions commerciales.

— Très bien. Je peux assurer un dîner.

— Bien. Parfait. On retourne au travail, alors. Peut-être pas aujourd'hui, mais à un moment dans le futur proche, j'aimerais revoir certaines des dépenses de fonctionnement, pour voir si nous pouvons tailler dans le gras. Et nous devrions parler de ce projet de stade. Tu sembles déterminé à le poursuivre.

Le cœur d'Archie s'effondra. Au temps pour l'harmonie.

— C'est un bon investissement.

— C'est un gouffre financier. Est-ce que ce projet était ton idée ou celle de ton père ?

— Celle de mon père.

Ce qui, d'après Archie, le dédouanait d'une partie de la folie derrière ce projet. Mais le stade était le premier projet sous l'égide de Katsaros qui avait vraiment déclenché quelque chose chez lui. Il avait ressenti un enthousiasme qu'il n'avait ressenti pour aucun de ses autres projets. Katsaros Holdings possédait une demi-douzaine d'immeubles d'habitations dans la ville, un mélange de constructions nouvelles et de vieux bâtiments qui avaient été rénovés pour éradiquer toute originalité, et il envisageait fortement d'en vendre quelques-uns pour compenser les déficits financiers, mais Marketa ne cessait de lui dire que ce serait un mauvais calcul. Et il le savait. Le marché immobilier compétitif signifiait que le taux d'inoccupation dans les bâtiments Katsaros était proche du néant, donc ces bâtiments étaient une source sûre de revenus, à condition qu'aucune grosse réparation ne doive être faite. Le stade était un plus gros point d'interrogation. C'était un risque. Ce qui d'une certaine manière le rendait plus attirant pour lui.

Peut-être qu'il tenait quelque chose de son père, après tout.

— As-tu obtenu les informations de tes managers sur les performances du personnel ? demanda Ondrej.

— Oui. Marketa a un dossier.

— Je vais commencer par là, alors. J'aurai des propositions d'ici la réunion du conseil de vendredi.

— Très bien.

Ondrej sortit du bureau, laissant Archie avec une sensation de malaise. Il reconnaissait que la société échappait à son contrôle, mais il n'aimait pas en céder autant, pratiquement à un inconnu. Il avait confiance en Ondrej, mais abandonner une partie de la société était un peu comme renoncer à une partie de son âme.

Chapitre Douze

ONDREJ retrouva Archie à son bureau à l'heure convenue.

— J'ai pris la liberté de faire une réservation à Vin et Fromage [6], dit-il.

— Génial, dit Archie, saisissant son porte-documents.

Ils marchèrent du bureau jusqu'au restaurant dans un silence relatif. Ondrej retournait encore des questions dans sa tête. Il avait divisé son temps cet après-midi-là entre l'inspection des dossiers du personnel et la recherche de questions qu'on pourrait lui poser pour son entretien avec l'immigration. Il avait fait une liste, qu'il avait envoyée sur son téléphone pour pouvoir prendre des notes. Ce qui donnait l'impression que c'était plus

6 En français dans le texte.

un exercice académique qu'un rendez-vous, mais peut-être que c'était pour le mieux. Après un long week-end de sexe qu'il avait totalement apprécié, il s'inquiétait de trop s'attacher émotionnellement à Archie pour être rationnel avec cette tâche à accomplir.

Encore que… ils étaient mariés, pour l'amour du Ciel. Avait-il vraiment l'intention de quitter Archie dans un an ? Était-ce si mal de s'attacher à lui ? Il y résistait depuis le début, mais peut-être qu'il n'avait pas à le faire. Il avait simplement présumé qu'une fois sa carte verte en main, il passerait à autre chose, mais les deux dernières semaines lui avaient démontré qu'il y avait eu une étincelle avec Archie. Alors pourquoi se dérobait-il devant elle ?

D'une part, la ligne entre la réalité et l'imposture se brouillait d'une manière qu'il trouvait inquiétante. Sans parler de tout l'argent en jeu. Il devait arriver à comprendre les informations financières avant que tout ça n'ait un espoir d'être faisable. Il s'inquiétait qu'Archie ne soit davantage endetté qu'il ne le disait. C'était une chose de ne pas avoir suffisamment d'informations pour évaluer correctement la situation, c'en était totalement une autre qu'il ne soit pas complètement honnête.

Une fois qu'ils furent assis dans le restaurant, Archie prit un menu et dit :

— As-tu découvert du poids mort dans ton examen des dossiers de mes employés ?

— Peut-être. Je pourrai mieux le dire d'ici la réunion du conseil.

Archie hocha la tête et concentra son attention sur le menu.

Après qu'ils eurent commandé, Ondrej sortit son téléphone.

— Avant que tu ne penses que je suis d'une impolitesse impardonnable, j'ai noté quelques questions.

Archie retroussa les lèvres.

— Je suppose que c'était trop en demander que ce soit un vrai rendez-vous où les choses se développent naturellement.

— Ce sont des circonstances particulières.

— Tu l'as dit.

Mais Ondrej prit une profonde inspiration et commença.

Ils couvrirent beaucoup de fondamentaux. Ondrej était enfant unique. Ses deux parents vivaient à Prague et allaient bien. Son père était distant et sa mère dominatrice. Archie n'avait pas de frère et sœur non plus, mais il avait grandi avec quelques cousins du côté de sa mère et était le parrain du fils d'un de l'un d'eux. Il était allé dans des écoles privées en ville, puis avait étudié à Columbia et à la Stern [7] de NYU pour son MBA. Ondrej avait abandonné la Charles University à Prague, était parti travailler dans le vignoble de ses grands-parents en France, puis avait passé deux ans à faire la fête à Prague tout en travaillant pour ses parents avant de décider qu'il avait besoin de changer de décor et de partir pour New York.

— Mais tu as bien dû réussir ta vie, signala Archie.

— Mon argent est surtout un héritage, dit Ondrej. C'est l'argent de mes grands-parents. Ils ont quitté la Tchécoslovaquie quand j'étais jeune pour échapper au régime oppresseur. Ma mère est restée là-bas pour épouser mon père.

7 Stern School of Business : école de commerce à l'université de New York (NYU), considérée comme une des meilleures d'Amérique.

— Comment as-tu appris les affaires, alors ?

— Je suppose que je m'y suis surtout familiarisé en écoutant mes grands-parents parler. Mamie en particulier était une femme d'affaires avisée. C'est pour ça qu'elle avait quitté Prague. Le gouvernement détruisait activement toute sorte de créativité et pensait que l'économie serait florissante si tout le monde adhérait à des méthodes éprouvées. Il y avait beaucoup de réglementations sur la manière dont on pouvait diriger une entreprise. C'était en fait confinant et ça a probablement fait plus de mal que de bien, dit-il en souriant. Voilà ta leçon d'histoire du jour.

Archie hocha la tête.

— Je l'admets, je sais très peu de choses sur l'histoire tchèque.

— Elle est longue. J'étais enfant à la fin de la Guerre Froide, donc je ne me souviens pas de grand-chose de ses pires moments, mais mes parents en parlaient, dit-il en prenant de petites gorgées de son eau. Je travaillais pour eux quand je vivais à Prague, mais nous ne nous entendions pas très bien, ce n'était donc pas une situation gérable. Et avant que tu ne le demandes, je pense que c'est juste des sottises parents-enfant normales. Ils avaient des idées spécifiques sur qui je devrais être, et je n'ai jamais tout à fait répondu à leurs attentes.

Archie hocha la tête, vraisemblablement il comprenait ça, ou au moins il savait qu'il ne devait pas creuser. Il avait vu l'effondrement d'Ondrej après qu'il eut informé sa mère de son mariage, il avait donc probablement une assez bonne idée d'à quel point cette relation était tumultueuse. Il dit à la place :

— Très bien. Comment as-tu appris l'anglais ?

— À l'école, et avec des professeurs particuliers. J'ai regardé également beaucoup de films américains.

Archie sourit.

— J'ai toujours été frappé par le fait que ton accent est plus américain que britannique. J'avais toujours présumé que les Européens apprenaient le second.

— Certains le font, je suppose. (Ondrej apprécia l'ouverture pour la conversation naturelle qu'Archie semblait vouloir.) Quand j'avais à peu près douze ans, ma classe a rejoint ce programme où nous avions chacun un correspondant dans une classe similaire au New Jersey. C'était une bonne opportunité de pratiquer mon anglais écrit. Alors je suppose que c'est comme ça que je l'ai développé.

— Tu parles bien le français, aussi. En tout cas, je présume que oui, puisque ton élocution a l'air correcte, mais j'admets que je ne connais pas beaucoup cette langue. Tu as dû l'apprendre quand tu vivais en France ?

— Oui. Même si je l'ai appris à l'école.

Un serveur arriva avec leur vin, ce qui marqua une pause dans la conversation. Il s'éloigna, Archie but une gorgée et dit :

— Je connais un peu de grec parce que je le parlais avec mes grands-parents. Nous allions aussi en Grèce presque chaque année. Mon père le parlait couramment, mais pas ma mère, alors nous ne le parlions pas beaucoup à la maison. J'ai appris l'espagnol à l'école, mais il est plutôt rouillé. Donc je n'ai jamais vraiment parlé couramment une autre langue.

— Je ne suis pas sûr que tu en aies besoin. On parle anglais pratiquement partout.

Archie sourit. Il avait un beau sourire, avec des dents blanches et bien alignées, des yeux qui se plissaient aux coins. Il avait l'air sincère.

— Regarde-nous, en train de commencer à nous connaître.

— Loin de moi une telle pensée.

— Pour la première fois de la journée, j'ai l'impression qu'on pourrait même réussir.

— Sinon, disons que nous avons eu un coup de foudre, d'accord ? Mme Smalls sait parfaitement que je ne suis ici que depuis juillet. Nous n'avons donc pas eu énormément de temps. Tout ce à quoi nous ne pourrons pas répondre pourra être expliqué par le fait que ça n'avait pas encore surgi dans la conversation.

Archie reprit une gorgée de vin.

— Oui. C'est vrai.

— Et, hé, si nous continuons à apprendre à nous connaître, nous pourrions même finir par avoir une vraie relation.

Le visage d'Archie était impossible à interpréter. Il pencha la tête et fixa son assiette pendant un instant. Puis il leva les yeux.

— Ce ne serait pas la pire chose qui puisse arriver.

— Ce n'est pas exactement une approbation enthousiaste.

— Enfin, je veux dire… qu'est-ce que tu veux ? demanda Archie. Continuer simplement à faire semblant ? Cela me semble être une perspective solitaire. Nous ne pouvons pas juste continuer à vivre dans la maison comme des colocataires brouillés.

Ondrej trouva cet argument persuasif. Ils étaient clairement attirés l'un par l'autre. Ils avaient suffisamment en commun pour maintenir la conversation. Il s'inquiétait encore parfois qu'Archie ne soit pas toujours sincère car celui-ci était trop bon acteur pour qu'il puisse dire quand il faisait semblant, mais autrement, il l'appréciait.

— Je me suis amusé ce week-end, dit Ondrej.

— Et voilà. Penses-tu qu'il soit possible pour nous de nous amuser ensemble également en dehors du lit ?

Archie avait l'air si sincère qu'Ondrej ne put s'empêcher de sourire.

— J'imagine que oui.

QUAND ils rentrèrent chez eux, Archie se sentit gêné alors qu'il essayait de décider s'il devait faire des avances à Ondrej ou s'il était raisonnable de croire qu'ils finiraient au lit ensemble. Il le regarda retirer ses chaussures avant qu'il ne fasse un pas en avant et ne dise :

— J'ai passé un bon moment ce soir.

Ondrej leva les yeux en haussant un sourcil.

Archie fut soudain gêné.

— Je voulais juste dire que c'était… c'était génial de passer du temps avec toi quand nous ne baisons pas ou ne parlons pas de business. Mais oublie ça. Peu importe.

Ondrej fit un pas vers lui.

— Non, je ne veux pas l'oublier. C'était gentil de ta part. J'ai passé un bon moment aussi.

Archie soupira.

— Je ne sais jamais comment agir avec toi, dit-il, avouant quelque chose qu'il avait retenu toute la journée. Comme, je veux que tu montes à l'étage avec moi et que tu passes la nuit dans ma chambre, mais je ne sais pas comment le dire sans avoir l'air lubrique ou trompeur.

Ondrej fronça les sourcils.

— Trompeur ?

Archie grogna. Peut-être que le vin lui avait brouillé le cerveau ou quelque chose comme ça. Il savait que ça n'avait pas de sens.

— Notre relation entière semble encore un peu trompeuse.

— Je sais, mais…

Ondrej détourna les yeux et sembla trouver le panneau en verre de la porte d'entrée intensément intéressant pendant un instant. Puis il dit :

— Mettons simplement cartes sur table, d'accord ? Nous ne sommes pas encore totalement à l'aise l'un avec l'autre parce que nous faisons connaissance. Ces circonstances sont pénibles. Elles sont étranges. Mais dis-moi : en cet instant, tout de suite, qu'est-ce que tu veux ?

Archie voulait être avec Ondrej de toutes les manières possibles. Il voulait l'emmener à l'étage et lui faire l'amour, puis il voulait qu'il reste avec lui au lit pour le reste de la nuit, de la semaine, du mois, de leurs vies. C'était idiot de se sentir aussi investi, mais plus il apprenait à le connaître, plus il l'appréciait. Son intérêt initial avait été alimenté par le désir, mais il aimait aussi passer du temps avec Ondrej en dehors du lit. Ce n'était pas de l'amour, pas encore, mais il pensait que cela pourrait le devenir s'ils passaient plus de temps ensemble.

Mais il ne pouvait pas lui dire tout ça. Il devait davantage le convaincre. Il avait besoin d'actions, pas de mots. Et Ondrej n'était clairement pas encore dans le même état d'esprit que lui.

Archie répondit donc :

— Tout de suite ? Je veux coucher avec toi.

Ondrej hocha lentement la tête.

— Si nous étions à un vrai rendez-vous, ce serait le moment où tu m'inviterais chez toi pour prendre un verre de vin et avoir une entrevue sulfureuse.

— Oui. Mais ça peut toujours se faire. Nous sommes déjà chez moi. Il y a du vin dans la cuisine.

Ondrej sourit.

— Le vin serait un prétexte. Je pense que nous savons tous les deux ce que nous voulons, là.

Archie aurait voulu demander : « Est-ce que tu veux de moi ? » mais cela lui semblait trop désespéré avant même qu'il ne prononce les mots à voix haute.

— Oui, dit-il. Tu viens à l'étage avec moi ?

Ondrej hocha de nouveau la tête et s'avança. Il tendit la main, entraîna Archie dans les escaliers puis dans le couloir jusqu'à la chambre.

Une fois à l'intérieur, Archie n'était toujours pas sûr de savoir quoi faire. Il était partagé. Devait-il traiter cet instant respectueusement ou simplement lui arracher ses vêtements ? Il défit sa cravate avant de dire :

— Tu sais, si ça continue comme ça, tu pourrais tout bonnement emménager dans cette chambre.

Ondrej eut l'air surpris et lui lança un regard de cerf pris dans les phares d'une voiture.

— Tu as un meilleur lit, dit-il, mais je ne sais pas si je suis tout à fait prêt pour ça.

La profondeur de la déception d'Archie le surprit, mais il continua :

— Considère ça comme une vraie proposition. J'aimerais que tu passes plus de nuits avec moi, mais seulement si tu en as envie. Donc… ma porte est ouverte. Si tu veux.

Ondrej s'avança vers lui et posa les mains sur sa taille.

— Merci. Je vais garder ça à l'esprit, dit-il en détournant les yeux pendant un bref instant avant de les ramener et de croiser le regard d'Archie. Tu es un homme doux sous ton extérieur brusque.

— Oh, dit Archie, pris de court. Merci. Je crois. Suis-je si brusque que ça ?

— Je voulais que tu le prennes comme un compliment. Et tu es seulement comme ça au travail quand tu penses que tes employés te regardent. Tu es plein de surprises. Je me demande parfois si la personne à qui je parle est le vrai toi ou le rôle que tu tiens en public.

Archie avait à un certain moment perdu prise sur son être véritable et il s'en rendait compte. Il ne savait pas toujours quand il était sincère et quand il faisait ce que les autres attendaient de lui. Mais il dit :

— C'est le vrai moi maintenant.

Ondrej sourit.

— Très bien.

Puis il embrassa Archie.

Il lui rendit son baiser, passa les doigts dans les cheveux d'Ondrej et le maintint sur place alors qu'ils exploraient leurs bouches.

— J'ai envie de toi, murmura Archie contre la bouche d'Ondrej. C'est réel.

Ondrej tendit la main entre eux et prit en coupe le sexe d'Archie qui durcissait.

— Je te crois.

Archie poussa un brusque éclat de rire, parce que soudain, tout ça semblait tellement ridicule. Ondrej se mit aussi à rire.

— Désolé, dit-il. Ça avait l'air plus glamour dans ma tête.

— C'était glamour. Désolé, je me moquais surtout de moi-même parce que je peux être tellement maladroit et bizarre parfois.

— C'est comme ça que je sais que je parle au véritable toi en ce moment, dit Ondrej en l'embrassant à nouveau. Tu es doué pour faire semblant de ne pas être maladroit en public. Je t'aime bien quand tu es plus incertain et moins parfait.

— Viens au lit, dit Archie. Reste avec moi ce soir, au moins.

— Oui, bébé. Oui, je vais rester.

Archie mena Ondrej jusqu'au lit. Il passa l'heure suivante à essayer d'oublier que c'était éphémère, parce que plus il le touchait, plus il se perdait dans sa chair, dans les sons qu'il produisait, dans l'odeur qu'il dégageait, plus il savait qu'un grand chagrin l'attendait quand finalement Ondrej l'aurait utilisé pour finalement le quitter comme prévu.

Chapitre Treize

ONDREJ avait oublié que son ancienne cheffe Amy était végétarienne, il fut donc quelque peu surpris de voir que le restaurant qu'elle avait choisi n'avait pas de plats de viande sur le menu.

Alors qu'il réfléchissait à quoi manger, Amy lui dit :

— Alors, comment se passent les choses avec M. Grand, Ténébreux et Beau ?

Il se mit presque à rire.

— Nous avons un entretien avec un agent de l'immigration demain pour qu'elle puisse enquêter correctement sur ma demande de carte verte.

Amy s'esclaffa.

— Tu donnes l'impression de plaisanter. Est-ce que c'est le cas ?

— Tout le monde m'assure que mes chances d'être effectivement expulsé sont plutôt minces, mais non, je ne plaisante pas. Un véritable agent vient à la maison demain pour s'entretenir avec nous, pour vérifier que nous sommes vraiment amoureux, tout comme à la télé.

— Waouh. Je ne pensais pas que ça arrivait dans le monde réel.

— Normalement, ce n'est pas le cas.

Ondrej lui expliqua ce qu'il avait entendu dire sur la manière dont le CIS traitait les demandes de cartes vertes et sa théorie sur le timing et le profil en vue d'Archie.

— Je veux dire, en se basant sur ce que j'ai lu en ligne, ils interrogeraient tout le monde s'ils avaient les ressources pour, mais apparemment ils ne le font que si tu as un mariage très en vue qui leur semble suspect avec beaucoup d'argent impliqué.

— Ah, dit Amy. Mais tu savais en quelque sorte que c'était une possibilité. D'où toutes les apparitions publiques et la gnangnan-ttitude dans les interviews.

— Des interviews ? Quelles interviews ?

Les yeux d'Amy s'écarquillèrent.

— Tu n'as pas vu le gros titre de la couverture dans le Fast Company du mois ? Ton mari est un des principaux PDG LGBT du pays, d'après l'histoire. Quand ils l'ont interviewé, il s'est extasié sur toi partout sur la page. Je suis surprise qu'il ne te l'ait pas montré.

— Vraiment ? Non, je ne l'ai pas vu.

Archie ? S'extasiant sur lui ? Cela ne lui ressemblait pas. À moins qu'il ne joue encore un rôle.

— Je suppose que je vais devoir en dénicher un exemplaire.

— C'était mignon, dit Amy. Il y a aussi beaucoup de gloussements parmi les femmes aux comptes fournisseurs, à propos du fait que vous formez un couple adorable. Certains pensent même qu'il s'est calmé depuis qu'il s'est marié, qu'il crie moins et semble moins colérique. Ils attribuent ça à ton influence. Il y en a qui spéculent sur ce qui se passe quand vous vous enfermez dans son bureau.

— Essentiellement, nous examinons les finances de la société.

Amy se mit à rire.

— C'est le truc le moins sexy que j'aie jamais entendu.

Ondrej envisagea de parler à Amy – qui était devenue son amie, même avant qu'il ne cesse de travailler pour elle – du fait qu'Archie et lui couchaient maintenant ensemble presque toutes les nuits. Il y renonça. Il ne savait toujours pas quoi faire de leur relation.

Après qu'ils eurent commandé leurs plats, Amy reprit :

— Cette relation est en fait une bonne chose pour la société, crois-le ou non.

— Qu'est-ce que tu veux dire ?

Amy regarda autour d'elle. Ils étaient juste à quelques blocs des bureaux Katsaros, donc il aurait pu y avoir des employés assez près pour entendre. Elle baissa la tête et dit doucement :

— Cône de silence, d'accord ?

Elle fit un geste avec ses mains, mimant un cône autour d'eux.

— Bien sûr.

— Les médias avaient toujours des choses gentilles à dire sur Alexander Katsaros. Il était charmant, beau et tout ce qu'on voulait pour le visage public d'une société. Mais il était également un peu con.

— Ah ouais ?

Ondrej se pencha en avant. Cela ne le surprenait pas beaucoup, mais il était intéressé d'entendre parler de cet homme sans le filtre des souvenirs tendres d'Archie.

— Son style de gestion frôlait la violence verbale parfois, je te jure. Il avait une sorte d'attitude de la vieille école, je suppose, surtout envers les femmes. Il criait et perdait souvent son calme. Il sermonnait les employées féminines devant le bureau entier, même si leurs infractions étaient mineures. J'ai une fois soumis un rapport qui avait un total erroné de trois cents, et il m'a fait la leçon sur l'exactitude pendant dix bonnes minutes pendant que le département entier regardait.

— Waouh.

— Archie a pris les rênes juste à temps, parce que les gens commençaient à perdre confiance en la capacité d'Alexander à diriger qui que ce soit. La productivité était en baisse et certains départements ralentissaient délibérément le travail. C'est dur d'être motivé pour faire du bon travail quand tu crois que rien de ce que tu fais ne sera jamais assez bien.

Ondrej hocha la tête.

— C'est tellement un truc américain, ça. Faire travailler ses employés d'arrache-pied puis leur dire qu'ils n'en font pas assez.

— Oui, eh bien, c'est comme ça qu'Alexander Katsaros opérait la plupart du temps. Il voulait que ses employés aient peur de lui, je présume que c'était parce qu'il pensait que ça les ferait marcher droit.

— De ce que j'ai vu, Archie est plutôt dur avec ses employés aussi, même s'il se comporte a priori mieux maintenant, et tu me dis qu'il est moins méchant ? J'aurais détesté le voir avant notre rencontre.

Amy hocha la tête.

— Mais c'est ça, le truc. Je connais Archie depuis que j'ai commencé à travailler dans la société. Il m'a fait faire le tour et m'a intégrée et il m'a aidée à obtenir ma promotion. Il a toujours été un homme super doux. Je sais donc que lorsqu'il est dur avec ses employés, c'est un numéro.

Ondrej suspectait déjà la même chose, mais il répondit :

— Vraiment ?

— Bien sûr. Ce que je veux dire, c'est que tu as passé beaucoup de temps avec lui depuis. Tu sais que c'est un marshmallow à l'intérieur.

Parce qu'ils étaient amis, Ondrej continua :

— Honnêtement, je ne suis pas toujours sûr de ce qui est réel et de ce qui ne l'est pas.

Amy sembla trouver ça intéressant. Elle pencha la tête puis la hocha d'un air entendu.

— Alors, je vais te dire quelque chose. Archie n'est en rien comme son père. Il se donne souvent des grands airs devant ses employés, oui, mais il est beaucoup plus réservé. Quand tu le laisses juste discuter, il donne l'impression d'être un type sympa. Alexander n'a jamais donné cette impression.

C'était vrai que lorsque Archie était à la maison, il ne se comportait pas du tout comme au bureau, et Ondrej peinait à concilier ces deux personnes. Il appréciait l'Archie avec lequel il partageait des dîners décontractés, avec qui il discutait tard le soir quand ils étaient au lit, qui rien que ce matin avait ri dans la douche quand Ondrej l'avait surpris en s'y glissant avec lui.

— Il ne veut licencier personne, dit-il, se rendant compte qu'Amy avait probablement raison.

— Quoi ?

Ondrej regarda Amy droit dans les yeux pour la première fois depuis que cette conversation avait commencé.

— Il ne veut licencier personne. Je ne cesse de lui dire que le moyen le plus simple d'économiser de l'argent est de dégraisser, ce qui signifie que quiconque n'enrichissant pas son département devrait être congédié, mais Archie ne m'écoute pas. Il veut dégraisser sans que personne ne perde son travail.

— Tu vois ? dit Amy en croisant les bras sur sa poitrine. Un marshmallow.

Leurs plats arrivèrent et Ondrej regarda fixement l'assiette verte devant lui. Tellement de laitue. Il soupira et prit sa fourchette.

— Je pense que le problème pour Archie, dit Amy, est qu'il ne sait pas vraiment comment gérer ses employés, il fait donc le contraire de ce que lui dicte son instinct. Et tu dois comprendre, il a toujours été clair qu'il vénérait son père. Je pense que leur relation s'est refroidie vers la fin, mais Alexander ne pouvait rien faire de travers. On peut le voir dans la manière dont Archie agit. Il gère comme son père aurait fait, du moins, c'est ce qu'il pense. Mais Archie n'est pas cette personne.

Ondrej mangea sa salade silencieusement pendant quelques instants, réfléchissant à ça. Il devrait probablement avoir une discussion avec Archie sur l'honnêteté et la politique de la société. Ondrej voulait aussi connaître vraiment la sincérité de leur relation. Il voulait savoir où il en était avec Archie car il n'en avait clairement aucune idée. Ils partageaient une attraction sexuelle mutuelle en grande quantité, mais que partageaient-ils d'autre ?

Qu'est-ce qu'Ondrej voulait d'autre ?

— Je ne cesse de lui dire de changer d'approche pour gérer ses employés. Peut-être que s'il voit les gens répondre différemment à une approche plus douce, il sera davantage convaincu. Je vais aussi lui parler des licenciements.

Amy fronça les sourcils.

— C'était l'autre chose que je voulais mentionner. J'ai entendu dire qu'il t'a donné un bureau.

— Tu sais aussi bien que moi que c'est mon argent qui garde la compagnie à flot. Archie a accepté de me laisser utiliser le bureau à ma guise, j'ai un accès limité au fonctionnement quotidien de la société et je peux assister aux réunions du conseil.

— Penses-tu que ça va affecter votre relation chez vous ?

Était-ce possible ? Ondrej ne l'avait pas vraiment envisagé, mais probablement. S'il y avait une chose qui l'inquiétait, c'était la discussion imminente sur l'argent, particulièrement parce que cela concernait les dépenses sur les futurs projets de Katsaros. Archie avait le pouvoir de les ruiner tous les deux.

— Je suis sûr que nous allons nous disputer à propos de l'argent, mais…

— Et imagines-tu ce qui va se passer chez vous ?

Ondrej poussa un soupir exaspéré.

— Je ne sais pas. Je l'apprécie. Mais nous faisons ça à l'envers. Si je venais de le rencontrer et que nous sortions ensemble comme des gens normaux, je serais ouvert à n'importe quoi, comme oui, peut-être que c'est lui, mais peut-être que nous nous séparerons dans deux mois. Mais nous sommes déjà mariés.

Et à vrai dire, il avait peur d'être coincé. Si les choses ne fonctionnaient pas avec Archie, il devrait encore vivre dans sa maison, au moins jusqu'à ce qu'il ait terminé le processus pour devenir un citoyen américain. Et si rester avec Archie l'empêchait de rencontrer la personne avec qui il était censé être ? Pas qu'il croyait seulement au destin, en soi, mais cela lui donnait l'impression de claquer la porte sur cette possibilité.

— Je suppose que la décision que tu as à prendre, c'est de savoir si tu veux continuer cette imposture ou essayer de donner une chance à ce mariage.

— Je ne sais simplement pas.

Ce n'était pas entièrement vrai. Ondrej avait décidé à un moment de leur week-end de marathon sexuel que si c'était comme ça qu'était le mariage, il serait plus que prêt à essayer. Parce qu'il adorait être ainsi avec Archie, dans la sécurité de cet énorme lit, où ils riaient et parlaient simplement et couchaient ensemble jusqu'à n'en plus pouvoir. Le week-end avait été magique. La réalité de la semaine de travail, moins.

— Parce que si tu voulais forger une vraie relation avec lui, t'immiscer dans les affaires du bureau n'est probablement pas le moyen de le faire. Il t'en voudra de t'être impliqué.

— Si ce n'est pas déjà le cas.

— Eh bien, dit Amy en fronçant les sourcils. Ça vaut la peine d'y réfléchir. Je veux dire, je connais des couples dont les mariages se sont écroulés quand ils ont commencé à travailler ensemble. Votre relation est même encore plus fragile que ça.

Amy avait raison. Ondrej avait peut-être déjà établi une situation impossible. Il jura.

— Je vais présumer que c'était un juron tchèque, dit Amy gaiement.

— C'est tellement bizarre. Je croyais que je savais dans quoi je mettais les pieds, mais il y a toutes ces possibilités que je n'avais pas envisagées. Et le pire, c'est que je voulais rester ici, à New York, mais je suis resté enfermé à la maison la plupart du temps depuis le mariage.

Et l'intérêt de venir à New York n'avait-il pas été d'explorer le sexe et les hommes sans que sa famille soit au courant ? Comment avait-il pu tomber dans une relation sérieuse ? Rien ne s'était passé comme il l'avait prévu.

— Et si cet entretien avec l'immigration se passe mal, je devrais retourner à Prague de toute façon, et alors quel sera l'intérêt de tout ça, bon sang ?

— Je suppose que vous devrez cartonner à l'entretien.

Ondrej soupira. Il se dit qu'elle devait plaisanter.

— Merci, Amy.

ONDREJ passa au bureau après le déjeuner. Archie était occupé mais heureux de la distraction.

— Est-ce que je m'immisce trop ? demanda Ondrej.

— Quoi ?

— Tu m'as permis de m'impliquer dans la gestion de mon investissement, mais penses-tu que je m'immisce trop dans les affaires de la société ? Est-ce que je dépasse les limites ?

Archie ne savait pas comment répondre à la question. Il marmonna quelque chose pour temporiser puis dit :

— Eh bien, je l'admets, je suis suffisamment un maniaque du contrôle en ce qui concerne ma société pour ne pas particulièrement apprécier que quelqu'un d'autre me dise comment faire les choses, mais j'apprécie ta perspicacité.

— Donc, si je fais quelque chose qui t'énerve, tu me le diras.

— Bien sûr. (Archie ne comprenait toujours pas cette série de questions.) D'où est-ce que ça sort ?

Ondrej soupira et se laissa tomber dans un des fauteuils pour invités.

— Je ne veux simplement pas que tu m'en veuilles.

— Pourquoi t'en voudrais-je ?

Ondrej regarda derrière Archie par la fenêtre qui dominait Broadway.

— Tu viens de dire que tu es un maniaque du contrôle. Et j'essaie d'imposer beaucoup de changements dans la société, parce que je le suis aussi. Mais nous devons vivre ensemble, donc je…

Ondrej secoua la tête.

Archie prit un instant pour l'observer et réfléchir. Il était en général heureux de la manière dont leur relation personnelle progressait. Il avait l'impression qu'ils avaient dépassé une sorte de seuil. Donc il répondit :

— Tu t'inquiètes que ce ressentiment au travail se répercute à la maison.

Ondrej leva les yeux et croisa son regard. Il ouvrit et ferma la bouche deux fois, puis il dit :

— Oui.

Seigneur, Archie n'avait pas anticipé le nombre de complications que présenterait cette situation.

— Alors je te promets de te faire savoir si tu vas trop loin. Au travail et à la maison. D'accord ?

Ondrej hocha la tête.

— Je pense simplement…

Il se mordit la lèvre et fronça les sourcils.

— Je veux simplement que tu sois honnête. Si nous voulons construire quelque chose de réel, nous devons l'être l'un avec l'autre.

— Bien sûr. Est-ce ce que tu veux ? Quelque chose de réel ?

Archie retint son souffle alors qu'il attendait une réponse.

— Je veux voir si c'est possible.

C'était un peu décevant. Archie considéra que peut-être trop de jours de bon sexe lui avaient embrumé l'esprit et lui faisaient penser qu'il y avait davantage entre eux qu'en réalité. Ondrej n'avait pas fermé la porte, mais son visage indiquaient une nouvelle fois à présent qu'Archie et lui n'en étaient pas au même point. Peut-être ne le seraient-ils jamais. Il avait tendance à vouloir en rire, prétendre que cela ne le dérangeait pas, mais Ondrej avait raison. L'honnêteté était nécessaire s'ils voulaient avoir seulement une chance.

— Très bien. Voilà ce que je ressens maintenant. J'aime passer du temps avec toi, je t'apprécie beaucoup, en fait. Peut-être qu'il n'y aura jamais tout à fait le déclic entre nous, mais je veux essayer aussi.

Ondrej hocha la tête.

— Bien. Alors sois honnête avec moi. Ne joue plus de rôle, du moins pas avec moi. D'accord ?

— Très bien.

Archie n'était pas sûr de ce qu'il promettait, même s'il supposait qu'il avait dit tout de go à Ondrej qu'une bonne partie de son image publique était une façade. Il prit une profonde inspiration.

— Je dois mettre un masque quand je fais des apparitions publiques, nous le savons tous les deux, mais je veux l'enlever quand je suis avec toi. Quand nous sommes seuls dans la maison. Quand nous sommes derrière des portes closes. Alors je te promets que je ne tiendrai pas un rôle quand je serai seul avec toi, d'accord ?

Ondrej hocha lentement la tête.

— Oui. C'est… Je t'en suis reconnaissant.

Mais Archie ne voulait pas de sa gratitude. Il voulait son affection. Cela ressemblait encore à tant de transactions financières. Mais il garda le silence.

Ondrej se leva.

— OK. Je vais rentrer. Je veux me préparer pour la réunion du conseil de vendredi, et je pense que je ferais mieux de ne pas venir au bureau pendant que je réfléchis à certaines choses.

— Bien sûr. Tout ce dont tu as besoin. Tu peux utiliser le bureau à la maison, si tu veux.

Les yeux d'Ondrej se plissèrent aux coins et ses lèvres se relevèrent légèrement. Pas tout à fait un sourire, mais c'était mieux que rien.

— Très bien. Je pense que je le ferais. Merci, Archie.

— De rien.

Alors, Ondrej sourit réellement et quitta le bureau. Archie voulait le rappeler et le faire sourire davantage, mais le temps qu'il ouvre la bouche, Ondrej était trop loin dans le couloir.

Chapitre Quatorze

NANCY Smalls était une femme d'un certain âge, menue, avec des cheveux frisés colorés en blond. Elle adressa un large sourire à Ondrej lorsqu'il la fit entrer dans le vestibule.

— Je ne savais pas que des maisons comme ça existaient encore ! dit-elle en regardant autour d'elle.

— Celle-ci vient de la famille de la mère d'Archie, l'informa Ondrej. Ils descendent d'une des plus vieilles familles de New York, mais je ne me rappelle plus de laquelle.

— Archie ? Oh, Archimède. Bien sûr. Et où est votre mari ?

— Il est dans le salon. Suivez-moi, s'il vous plaît.

Ondrej la mena dans la grande pièce qu'Archie n'utilisait jamais, pour autant qu'il puisse le dire. Ce dernier avait glissé à Hildy un petit extra pour qu'elle vienne la veille et soit minutieuse dans le dépoussiérage. Au moins, à présent, on pouvait croire que quelqu'un avait utilisé cette pièce depuis 1948. Les meubles étaient vieux mais bien entretenus et jonchaient de nombreux bibelots : de vieux héritages de famille, des trucs antiques et le genre de choses qui décoraient les habitations des gens riches qui ne savaient pas quoi faire de tout leur argent.

Archie se leva lorsqu'ils entrèrent.

— Je suis Archimède Katsaros, dit-il à Mme Smalls. Bienvenue chez nous.

Ils avaient mis en scène cette rencontre la nuit précédente, tout depuis leurs vêtements – Ondrej portait une chemise et une cravate à larges carreaux, tandis qu'Archie avait mis un pull bleu marine classique par-dessus sa chemise de bureau – jusqu'à offrir à Nancy un fauteuil grandiose de style années 60 tandis qu'Archie et Ondrej s'assiéraient côte à côte sur un canapé somptueux face à elle. Ils étaient tous assis maintenant et Ondrej s'efforça d'attendre patiemment pendant que Nancy sortait un cahier et un stylo, même s'il avait l'impression d'être tendu comme un arc.

Elle fit cliqueter son stylo.

— Donc. Je suppose que vous savez pourquoi je suis là.

Archie hocha la tête.

— Je suis confus que vous ayez dû faire tout ce chemin jusqu'en ville. Je sais de quoi a l'air la situation, et je veux bien admettre que la fin du visa d'Ondrej nous a forcés à nous marier plus tôt que nous ne l'aurions fait autrement, mais c'était seulement parce que je ne pouvais pas vivre sans lui et que je ne voulais pas qu'il retourne à Prague.

Archie passa son bras autour d'Ondrej.

Tout ceci faisait partie du plan. Archie se rapprochant et posant le front contre la tempe d'Ondrej n'en faisait pas partie, en revanche. C'était un geste affectueux, probablement né de l'intimité qu'ils avaient partagée toutes les nuits pendant la semaine. Ondrej ferma les yeux, s'isolant brièvement de Nancy Smalls, pour simplement ressentir la chaleur de son corps à proximité.

Ce n'était pas de l'amour. Mais ce n'était pas de l'indifférence non plus.

Archie se redressa et s'écarta, même s'il garda le bras le long du dossier du canapé, où il pouvait effleurer les cheveux d'Ondrej du bout des doigts. Celui-ci aimait vraiment ça aussi.

Nancy Smalls refit cliqueter son stylo.

— Vous comprenez qu'il y a beaucoup de fraude au mariage. C'est moins probable avec les couples gays, je dois l'admettre, mais vous devez comprendre de quoi ça a l'air, dit-elle avec un soupir. L'USCIS serre la vis aux mariages blancs à cause d'une augmentation de fraude en rapport avec l'immigration. C'est un problème, nous n'avons pas les ressources pour traiter pleinement cela pour l'instant, mais mon patron a insisté pour que je vienne vous rencontrer. Étant donné que le visa de M. Kovac a expiré si près de votre mariage, c'était suspect, et il y a aussi une grosse somme d'argent en jeu.

Ondrej fronça les sourcils. Il n'était pas surpris qu'elle ait vérifié leurs finances au cours de l'enquête, mais il détestait l'inquisition dans ses affaires. Il n'était pas dérangé par le fait que l'argent donnait à leur mariage un air plus suspect, à juste titre, mais l'invasion de sa vie privée le mettait mal à l'aise. D'une certaine manière, il n'avait pas anticipé cela quand il avait accepté de se marier.

— Comment vous êtes-vous rencontrés ?

Elle posa la question d'un air décontracté, comme si elle le demandait durant un cocktail, mais elle fit cliqueter son stylo plusieurs fois puis écrivit quelque chose dans le carnet posé sur ses genoux, prête à rédiger la réponse.

Cela embarrassa Ondrej, mais il répondit :

— Quand je suis arrivé aux États-Unis, j'avais besoin d'un emploi pour maintenir mon visa de travail, j'ai donc accepté un internat à Katsaros Holdings. L'un de mes amis connaissait l'un des managers.

— Un après-midi, j'ai traversé les bureaux où Ondrej travaillait, et nos yeux se sont croisés au-dessus des différents boxes. Je vous jure, j'ai eu l'impression d'être frappé par la foudre. (Archie avait l'air si sincère que même Ondrej fut brièvement convaincu.) Je l'ai donc invité à dîner et vous connaissez la suite. Même si j'ai dû me passer de ses services, parce que sortir avec un employé est clairement un conflit d'intérêts. Ainsi, le visa de travail d'Ondrej allait expirer à moins qu'il ne puisse trouver un autre travail, ce qui n'a pas été le cas. Nous avons eu cette folle relation éclair, et juste quand il s'était résigné à retourner en République Tchèque, je lui ai demandé de m'épouser.

— Et comment trouvez-vous la vie d'homme marié, M. Kovac ?

— Très agréable, jusqu'ici. Je veux dire, c'est encore tellement nouveau, dit Ondrej en passant le bras autour du torse d'Archie. Mais rien que la semaine dernière, il m'a emmené à un gala de charité qui était plus spectaculaire que tout ce que j'avais vu avant.

Voilà. Cela semblait convaincant.

Mme Smalls hocha la tête.

— Écoutez, je sais à quel point vous devez détester ça, mais comprenez-bien qu'il y a un tas de fraudes qui passent par mon bureau chaque jour. Ce n'est pas du tout inhabituel pour un étranger de payer un Américain une somme exorbitante en échange d'un mariage blanc. Ce n'est pas non plus inhabituel qu'un étranger escroque un Américain en lui faisant penser qu'ils sont amoureux pour qu'il puisse obtenir une carte verte.

Elle regarda ostensiblement Ondrej en disant cela.

— Je peux vous assurer que je suis honnête avec Archie depuis que nous avons commencé à sortir ensemble, dit Ondrej.

Ça au moins, c'était vrai.

Mme Smalls écrivit quelque chose dans son carnet.

— Je pourrais vous poser un paquet de questions inquisitrices conçues pour vérifier à quel point vous vous connaissez bien. Mais vivez-vous tous les deux dans cette maison ?

— Oui, dit Ondrej.

— C'est un peu cérémonieux, non ? demanda Mme Smalls.

— Seulement cette pièce, dit Archie. Nous ne l'utilisons que pour recevoir les invités. La télé, les jeux vidéos et le reste sont tous en bas dans le salon. Ça semble être la pièce préférée d'Ondrej.

Celui-ci haussa les épaules.

— Il y a beaucoup de programmes américains que j'ai ratés avant d'emménager ici.

— Puis-je voir cette pièce ? demanda Mme Smalls.

Archie hésita mais il hocha la tête et se leva. Ondrej et Mme Smalls le suivirent de l'autre côté du vestibule vers l'escalier à l'arrière de la maison. Alors qu'ils descendaient les marches, Mme Smalls demanda :

— M. Katsaros, votre propre père était un immigrant, n'est-ce pas ?

— Oui. Il est arrivé ici de Grèce dans les années soixante.

Archie émit un petit son qu'Ondrej ne parvint pas tout à fait à interpréter, mais cela ressemblait à de la résignation. Il continua :

— Il travaillait pour une société immobilière sur l'Upper West Side quand il a rencontré ma mère. Sa famille vendait un appartement dans le Dakota. À entendre ma mère le raconter, il lui en a mis plein la vue.

— Romantique, dit Mme Smalls d'un ton pince-sans-rire.

— La famille de Mère était vigilante sur les croqueurs de diamants. L'un de mes oncles était marié avec une sorcière pourrie gâtée qui lui servait de femme-trophée sur qui ma grand-mère n'avait jamais rien de gentil à dire. Mais mes grands-parents adoraient mon père. Si la relation de mes parents avait été autre chose qu'aimante, il aurait été impossible que mes grands-parents aient consenti au mariage. Et bien sûr, mon père a utilisé une grande quantité de l'argent de ma mère pour acheter des propriétés et faire décoller Katsaros Holdings, mais la famille entière a un long passé de spéculation immobilière. Tout a été fait avec la bénédiction de mes grands-parents et mes parents ont eu une merveilleuse relation jusqu'à ce que ma mère ne disparaisse à cause d'un cancer du sein quand j'étais adolescent. (Archie poussa un soupir.) L'essentiel de la famille de ma mère n'est plus là maintenant. Mais je ne peux m'empêcher de penser que je les décevrais si je faisais autre chose qu'un mariage d'amour.

Ondrej se demanda à quel point c'était vrai –
probablement tout, s'il se basait sur ce qu'il savait
déjà d'Archie – et il se rendit compte qu'Archie
devait détester les mensonges qu'il racontait. Cela le
dévorait probablement depuis le début. Ondrej se sentit
brièvement coupable mais savait également qu'Archie
avait accepté cet arrangement en toute connaissance de
cause.

Quand ils arrivèrent dans le salon, Mme Smalls
regarda autour d'elle. Cette pièce était la seule de la
maison avec des meubles plus modernes. Le canapé
blanc avait un peu de valeur, mais la grande couverture
bleue sous laquelle Ondrej se pelotonnait quand la
climatisation devenait trop intense était jetée de manière
décontractée sur le dossier du canapé et les coussins
bleus étaient de travers. Ondrej avait laissé le boîtier du
film qu'il regardait le soir précédent sur le meuble télé.
C'était un thriller politique qui n'était pas si bien que
ça ou bien Ondrej n'avait pas encore suffisamment saisi
la politique américaine pour le comprendre. Le tapis
sur le sol entre le canapé et la télé était légèrement de
travers également et il y avait une pile de magazines
sur la table basse qui s'effondrerait si quelqu'un se
cognait dedans. En d'autres termes, cette pièce avait
l'air habitée, contrairement au grand salon.

— M. Kovac a une fortune personnelle, n'est-ce
pas ? J'ai remarqué que vous aviez récemment ouvert
un compte joint. M. Kovac a également fait un transfert
de fonds substantiels sur un compte de Katsaros
Holdings.

— J'investis dans la société de mon mari. Archie
m'assure qu'il a un plan pour la faire progresser et se
développer.

Il choisissait ses mots prudemment, incertain de ce que Nancy Smalls savait déjà.

— Je me suis dit que Katsaros Holdings serait un bon endroit pour placer mon argent. Si la société exécute les plans qu'Archie m'a montrés, je devrais voir un retour substantiel sur mon investissement. Je sais que ça a l'air surprenant, mais c'était ma seule motivation.

— Pas parce que Katsaros Holdings avait besoin d'argent ? demanda Mme Smalls.

— Si. Je ne vais pas prétendre que je l'ignorais, répondit Ondrej, soudain glacé.

Ils avaient aussi répété un peu cette partie-là, juste au cas où, et décidé qu'Ondrej jouant les innocents en ce qui concernait les finances ne servirait qu'à lui donner l'air d'un pigeon. Il passa un bras autour d'Archie.

— Mais je crois en Archie.

— Je l'ai mis dans le conseil d'administration de la société. C'est un membre qui ne vote pas, pour des raisons évidentes, mais il a accès aux documents financiers. Tout est transparent. Il voulait investir son argent de sa propre volonté, alors c'est en toute honnêteté que je le laisse le faire.

Mme Smalls hocha la tête et écrivit sur son fichu bloc de papier.

— Nous comprenons de quoi ça a l'air, dit Ondrej.

Elle hocha la tête.

— Vous avez probablement vu les rumeurs des tabloïds qui parlent d'un mariage blanc.

Ondrej et Archie hoquetèrent tous les deux. Ondrej ne savait pas que les tabloïds avaient parlé d'eux. Il s'était efforcé de ne pas faire des recherches sur lui-même en ligne, ne voulant pas savoir quelles bêtises écrirait ce reporter qu'il avait rencontré au gala, il ne savait donc pas qu'ils étaient un sujet qui méritait la spéculation des tabloïds. Il en eut des sueurs froides et regarda Archie en recherchant son aide.

— Des tabloïds ? cracha Archie. Bien sûr qu'il y a des rumeurs, mais je vous assure…

Elle leva une main.

— Mon chef a fait pression pour que j'enquête. Il y a également beaucoup de formalités administratives. Cela pourrait prendre du temps supplémentaire, peut-être jusqu'à deux ans, pour traiter votre demande de carte verte.

Ondrej fronça les sourcils. Il s'était attendu à rester marier avec Archie pendant un an. Il comprenait l'implication. En faisant traîner la procédure comme une sorte de délai d'attente, ils s'assureraient qu'il n'obtiendrait pas sa carte pour divorcer immédiatement après. Car d'ici là, il serait légalement trop tard pour enquêter sur la fraude, et vu que tout le monde serait au courant, cela donnerait une mauvaise image au USCIS.

— Je ne pourrai pas être expulsé pendant ce temps-là, n'est-ce pas ? Je ne veux pas être séparé d'Archie. Et chez moi, ma famille n'est pas exactement en faveur de… eh bien.

Il fit un geste entre Archie et lui.

— Vous ne pourrez pas être expulsé pendant que la demande est encore en attente. Est-ce que vous vous inquiétez de retourner à Prague ? Est-ce pour ça que vous êtes venu aux États-Unis ? demanda Mme Small.

Ondrej hocha la tête.

— Ma mère me mettait la pression pour que j'épouse une femme, mais je… ne pouvais pas. C'est littéralement l'Ancien Monde, là où vit ma famille. Ils ne se sont pas encore laissés convaincre par l'idée de saines relations homosexuelles. Quand je les ai appelés pour leur parler d'Archie, ma mère a hurlé et mon père a menacé de me déshériter. Donc voilà.

C'était vrai aussi, même si la menace était vide de sens, puisque ses parents ne pouvaient pas toucher l'argent qu'il avait hérité de ses grands-parents. La situation serait plus délicate s'il perdait tout ce qu'il avait investi dans Katsaros Holdings, mais il conservait toujours l'espoir qu'ensemble ils pourraient sauver la société. La conversation avec son père avait été déplaisante mais étonnamment calme. Ondrej avait simplement répété ce qu'il avait dit à sa mère. Son père avait dit qu'il le savait déjà et ajouté qu'il le retirerait de son testament s'il s'entêtait dans cette stupidité.

Enfin, le visage impassible de Nancy Smalls se transforma en quelque chose qui ressemblait à de la compassion.

— Eh bien. Je pense avoir vu ce dont j'ai besoin. Vous avez ce qui semble être une relation heureuse. Comme je l'ai dit, je ne m'attendrais pas à ce que votre changement de statut arrive rapidement, mais je transmettrai ma recommandation pour qu'il soit approuvé.

Ondrej aurait voulu pousser des cris de joie. Il ne put empêcher un sourire d'éclore sur son visage sous le brusque soulagement qu'il ressentit.

— Merci, Mme Smalls.

— Je vais vous raccompagner, dit Archie.

Ondrej attendit dans le salon qu'il revienne, ce qu'il fit quelques minutes plus tard avec un large sourire sur le visage.

— Nous avons réussi, dit-il. Nous avons totalement cartonné.

— C'est vrai, oui.

Archie serra Ondrej contre lui, mais celui-ci se dégagea, gêné par cette abondance d'affection. Il n'était pas sûr de savoir quoi dire lors d'une telle occasion.

— Je ne serai pas expulsé immédiatement.

— Je suis content que tu puisses rester.

— Moi aussi. Merci pour ton aide, Archie. Je n'arrive toujours pas à croire tout à fait que nous ayons réussi.

Archie se mit à rire.

— Je pense qu'une partie d'elle voulait nous croire. Mais je comprends. Le département aurait l'air incompétent si quelqu'un d'aussi en vue réussissait une imposture.

— Eh bien, étant donné que c'en est une, son département est plutôt incompétent.

Archie se ferma et recula d'un pas.

— Bon.

— Allons, Archie. On dirait que je viens de donner un coup de pied à ton chien. Tu sais ce que je veux dire. Je tiens à toi, mais ce n'est pas pour ça qu'on s'est mariés.

— D'accord, dit Archie.

Son visage entier se ferma, comme s'il s'était transformé en pierre.

Ondrej se rendit compte qu'il avait dit ce qu'il ne fallait pas.

— Ça ne veut pas dire que nous ne pouvons pas…

— Non, tu as raison. Tout est faux, dit-il en sortant son téléphone de sa poche avant de jeter un coup d'œil à l'écran. J'ai six SMS de Marketa. Je ferais mieux de retourner au bureau. Je te verrai plus tard, Ondrej.

Puis il s'en alla.

Le cœur d'Ondrej se serra. Il savait qu'il avait blessé Archie. Mais ce dernier savait… mais non, les choses avaient changé, n'est-ce pas ?

Enfin, peu importe. L'entretien de cet après-midi avait donné plus de temps à Ondrej pour trouver quoi faire ensuite.

Chapitre Quinze

LE cœur d'Archie battait de façon erratique lorsqu'il entra dans la salle de réunion du conseil le vendredi. Il avait dormi sans Ondrej la nuit précédente pour la première fois de toute la semaine. Mais cela avait été sa décision. Il lui avait dit qu'il voulait dormir seul.

Parce qu'il s'était impliqué émotionnellement, bien plus qu'il ne l'aurait cru possible. Bien sûr, il avait pensé qu'Ondrej pourrait se laisser convaincre par l'idée d'une vraie relation à la fin, mais lui-même n'avait pas pensé qu'il tomberait aussi amoureux aussi vite. Il lui avait donc demandé de coucher dans sa propre chambre la nuit précédente parce que leur relation entière était une imposture et qu'Archie avait besoin de distance avant que son cœur ne soit vraiment piétiné.

Parce que si Ondrej pensait encore que la fondation de leur relation était simplement un arrangement financier, quel intérêt, que diable ? S'il partait quand il aurait sa carte verte, pourquoi Archie devrait-il s'investir ?

Il entra dans la salle du conseil et prit sa place en bout de table. Il salua aimablement quelques-uns des autres membres. Dan Preston, le seul membre de sa famille au conseil, s'approcha alors qu'il arrangeait ses notes, et le frappa dans le dos. Il était passé dans le bureau d'Archie plus tôt ce matin-là pour dire qu'il voulait demander un vote pour vendre des parties de la société – il avait un acheteur potentiel, prétendait-il – et peu importe le nombre de fois où Archie lui avait demandé de ne pas en parler avant ses propres propositions pour améliorer l'efficacité, il n'était pas arrivé à l'en dissuader. Archie sourit à son cousin, mais il avait le ventre noué. Dan fit le tour de la table, serra les mains des autres membres du conseil et les charma d'une manière avec laquelle Archie n'était pas sûr de pouvoir rivaliser.

Juste quand Archie commençait vraiment à perdre espoir, Ondrej entra, ce qui ne fit pas grand-chose pour renforcer son assurance.

Il se leva et fit un geste vers le siège qu'il avait désigné pour Ondrej. Lorsque ce dernier s'y avança et l'écarta de la table, Archie parla :

— Il est temps de commencer cette réunion.

Une fois que tout le monde fut installé et qu'il eut leur attention, il reprit la parole.

— Permettez-moi de vous présenter mon mari, Ondrej Kovac. Comme vous le savez, je lui ai donné une position non-votante au conseil, le mettant au courant des questions financières de la société. J'ai anticipé que quelques-uns d'entre vous pourraient avoir des objections, ce qui est la raison pour laquelle Ondrej n'a pas droit au vote, mais il est autorisé à assister aux réunions et à donner son opinion quand ce sera approprié.

Les membres du conseil assemblés échangèrent des regards ou fixèrent Ondrej, mais personne ne parla. Ondrej croisa le regard d'Archie mais resta également silencieux.

Archie débuta la réunion, informant brièvement tout le monde des affaires pertinentes. Puis il céda la parole au conseil d'administration : huit actionnaires minoritaires qui s'étaient joints au groupe sous le règne d'Alexander Katsaros – tous des hommes, personne ne disait qu'il n'avait pas été sexiste – et qu'Archie n'avait pas jugé bon d'écarter. Pour l'essentiel, ils le laissaient diriger la société à son gré, car être assis au conseil leur donnait l'impression d'être importants. Ou quelque chose comme ça. Il ne comprenait pas vraiment l'intérêt du conseil vu que cela n'avait pas empêché Alexander de mener la société à sa perte. Mais peu importait. C'était ainsi que les affaires étaient menées. S'ils étaient satisfaits de rester les bras croisés pendant que les hommes Katsaros prenaient les décisions, cela lui allait.

Malheureusement, il y avait encore Dan Preston, et il prit la parole.

— Vous êtes tous conscients de la situation déplorable dans laquelle nous sommes désormais. Nous perdons tous de l'argent, davantage chaque trimestre. C'est pour cette raison que j'ai élaboré le projet suivant.

Il sortit une liasse de papiers et commença à distribuer des feuillets agrafés.

— J'ai cru comprendre qu'Archie est sur le point de nous donner une contre-proposition, je ne m'attends donc pas à ce que nous votions sur un plan d'action aujourd'hui, mais je veux que le conseil envisage toutes nos options. Tenez, j'ai tracé les grandes lignes d'une proposition dans laquelle nous vendrions quarante pour cent de nos actifs au Groupe Cochrane. Bernadette Cochrane elle-même est intéressée par la vente. L'offre n'est plus valable si nous n'incluons pas certaines propriétés, que j'ai indiquées à la page quatre.

Ondrej écoutait en silence alors que Dan parlait. Archie écoutait aussi, et même si la proposition le mettait en colère – la plupart des propriétés sur la liste de Dan étaient les plus rentables de Katsaros Holdings, et cette proposition ferait efficacement capoter les projets de la société –, il répéta mentalement ce qu'il prévoyait de dire. Quand enfin ce fut à nouveau son tour de parler, il s'éclaircit la voix.

— Dan a raison, dit Archie. J'ai bien une contre-proposition, parce que je pense que celle-ci est inconcevable. Vous savez tous aussi bien que Dan que si nous vendons une aussi grande partie de la société, même pour les chiffres que Dan cite, la société coulera plus vite que le Titanic.

Il prit une profonde inspiration et essaya de trouver une sorte d'appui sur lequel se retenir. Il jeta un coup d'œil à Ondrej, qui le regardait attentivement. Il voulait son soutien, voulait quelque chose qu'il puisse saisir entre ses mains. Ondrej était là, mais il était trop loin pour le toucher.

— Je vais être franc, continua-t-il. Les chiffres que mon père vous transmettait n'étaient pas exacts. Vous devez maintenant savoir que Katsaros Holdings a plongé bien plus profondément qu'il ne le révélait. À cause de l'inefficacité, du désastre financier en Grèce où il avait encore de l'argent investi, et d'une mauvaise gestion à presque tous les niveaux, nous sommes en difficulté. La solution de M. Preston est claire, mais je crois qu'elle mettra la société en faillite, et franchement, je n'ai pas l'intention de laisser cela arriver. Je travaille dur pour rétablir Katsaros dans sa fière tradition, comme vous le savez. Je pense que plutôt que de vendre des actifs rentables, nous pouvons réduire les effectifs. M. Kovac a rassemblé des rapports de certains des managers pour expliquer quelles réductions nous pouvons faire. Le but est de dégraisser nos opérations pour que nous puissions cesser de perdre de l'argent et peut-être même faire des profits à court terme.

Archie ne s'était pas encore beaucoup concerté avec Ondrej. Il n'avait pas voulu faire de vagues à la maison, où les choses semblaient bien se passer. Enfin, elles allaient bien jusqu'à hier, avant qu'Ondrej lui dise clairement que tout n'était encore que des faux-semblants.

Mais ils ne faisaient pas simplement semblant de sauver une société, Archie passa donc en revue les articles de sa proposition, qui incluaient de licencier une douzaine d'employés.

— Je suis prêt à vendre des actifs, mais pas l'essentiel des propriétés que M. Preston a suggérées. À la place, nous devrions envisager de peut-être en vendre quelques-unes dans l'Upper East Side, qui ne sont pas aussi lucratives qu'elles l'étaient autrefois. À défaut de Cochrane, je suis certain que nous trouverons d'autres acheteurs. Les personnes souhaitant investir dans l'immobilier ne manquent pas dans cette ville. La recette provenant de ces ventes pourra ensuite être investie dans de nouveaux projets qui rapporteront un plus grand profit.

Archie continua, passant lentement en revue le reste de sa proposition. Quand il eut terminé, il demanda :

— M. Kovac, avez-vous quoi que ce soit à ajouter ?

Ondrej hocha la tête et se leva.

— Je sais que vous êtes tous profondément sceptiques vis-à-vis de moi, mais je pense que cette société tirerait profit de l'opinion de quelqu'un de l'extérieur. Vous êtes tous clairement intelligents, mais vous êtes peut-être trop proches de cette situation ou trop investis dans l'héritage de feu M. Katsaros.

Il jeta brièvement un coup d'œil à Dan. Archie s'imagina qu'il pensait que le conseil était trop investi, excepté Dan. Ondrej continua :

— Laissez-moi vous dire comment je vois les choses.

Il était impressionnant. Même s'il s'exprimait avec un accent, il communiquait clairement, présentant même un plan encore plus radical que celui d'Archie, mais destiné à promouvoir l'efficacité tout en conservant encore les propriétés les plus profitables de la société. Il conclut en disant :

— Mais ce ne sont que des suggestions. Les plans de M. Katsaros sont également solides et je suis d'accord, ce serait une bonne direction vers laquelle aller. Le seul point litigieux entre nous c'est le projet de stade des Eagles.

— C'est un bon investissement, dit Archie. Et c'est loin d'être sans précédent. Les autres projets récents de stades dans la ville ont bien réussi.

— C'est vrai, oui, mais dans cinq ans à partir de maintenant. Katsaros n'aura peut-être pas tout ce temps avant que les choses ne deviennent catastrophiques.

Et nous savons tous dans quel bourbier le projet des Atlantic Yards s'est enlisé. Je sais que tu le voudrais, Archie, mais envisageons ça de manière rationnelle et réaliste.

Archie ne voulait pas se disputer avec lui devant le conseil, mais il était un peu agacé qu'Ondrej ne soit pas d'accord avec lui, alors il dit :

— Nous discuterons et reviendrons sur ce problème à la prochaine réunion du conseil. J'ai monté un rapport sur le projet de stade, si vous voulez bien le lire.

Archie se leva et commença à distribuer les brochures que Marketa l'avait aidé à préparer.

Ondrej hocha la tête et se rassit, apparemment satisfait de cette réponse.

Le conseil passa la demi-heure suivante à débattre sur les articles des plans d'améliorations respectifs. L'opinion générale penchait vers l'approche moins radicale d'Archie, mais Dan et deux membres du conseil exprimèrent des doutes quant à la rentabilité du projet de stade des Eagles. Le débat était essentiellement calme – ce conseil ne s'énervait jamais, de ce qu'Archie pouvait en dire, et semblait préférer une approche passive-agressive à une argumentative – mais il devint clair qu'ils étaient loin de pouvoir voter.

Mais au final, le conseil donna à Archie le feu vert pour poursuivre le premier article de son plan pendant que tout le monde se mettait d'accord pour étudier la proposition de Dan et le rapport de projet de stade. Le moment de vérité arriverait à la prochaine réunion du conseil, ce qui donnait au moins à Archie du temps pour mieux contrer la proposition ambitieuse de Dan.

Archie se leva et conclut la réunion, se sentant plutôt bien sur la manière dont ça s'était passé. Une fois qu'elle fut ajournée et que tout le monde se leva pour partir, Archie quitta la pièce. Ondrej le rattrapa juste avant qu'il n'entre dans son bureau.

— Pourquoi te presser ? dit Ondrej.

— La réunion est terminée.

Archie entra dans son bureau.

La vérité, c'était qu'il voulait toujours sortir de ces réunions le plus vite possible, même s'il pensait que partir brusquement lui conférait en prime un certain air d'autorité. Il était inutile de s'attarder et de bavarder.

Ondrej le suivit dans le bureau et referma la porte derrière lui.

— Très bien. Es-tu en colère ? Ai-je outrepassé mes limites dans ma présentation ?

Archie s'assit avec un soupir.

— Non. Je suis désolé, dit-il en se frottant le front. Écoute, tu as probablement déduit que j'essaie de garder une apparence stoïque pour le conseil, mais c'est dur parfois. Mon père pouvait être un dur à cuire, et il était doué pour faire en sorte que ces réunions soient brèves et efficaces. J'ai tellement de difficultés à m'affirmer ainsi.

— Je pensais qu'une partie de ta fanfaronnade devant les employés était un rôle que tu jouais, dit Ondrej en souriant. J'ai vu ce que tu as fait avec le conseil.

— Je veux qu'ils me respectent.

— C'est le cas. Ou ils le feront, une fois que tu montreras que tu peux remonter la société. Tu devras tenir tête à Dan, bien sûr, mais je pense que tu as fait du bon boulot tout à l'heure.

Archie ne voulait pas afficher sa crise de confiance trop vivement, alors il se mordit la lèvre et hocha la tête.

— Est-ce que tu es contrarié ? demanda Ondrej.

— Je déteste les réunions du conseil.

— Je vois pourquoi.

Ils restèrent assis en silence. Archie jeta un coup d'œil à l'écran de son ordinateur et vit qu'il avait reçu environ une douzaine d'e-mails durant la réunion.

Le truc, c'était qu'il était contrarié. Il se sentait puéril, mais une partie de lui voulait hurler. Il doutait de pouvoir rétablir la société avant que Dan ne trouve un plus gros acheteur – même si Cochrane faisait déjà partie de la demi-douzaine de sociétés immobilières qui possédaient plus dans la ville que Katsaros – même si le conseil acceptait ses changements et même avec l'argent d'Ondrej, ce qui l'angoissait. L'héritage de sa famille était en jeu, sans parler de son gagne-pain, l'échec n'était donc pas une option, même s'il lui semblait que c'était certainement une possibilité.

Et c'était sans parler du fait que son intense désir pour Ondrej était devenu une chose palpable, et l'avoir juste là mais pas vraiment à lui était une torture.

— Est-ce que tu veux que je parte ?

Archie voulait à la fois désespérément qu'il reste et qu'il fiche le camp.

— Oui, dit-il. J'ai du travail.

— Est-ce que je pourrai t'emmener déjeuner plus tard ?

— Il ne vaudrait mieux pas.

Archie voulait s'expliquer mais il avait peur de parler, ou de se rendre suffisamment vulnérable émotionnellement pour laisser Ondrej le blesser encore plus.

Mais celui-ci fronça les sourcils.

— Tu es en colère à propos de la réunion du conseil.

— Il ne s'agit pas de ça.

— Alors qu'est-ce que c'est ? Parce que tu es à l'évidence contrarié par quelque chose. Tu as dormi seul hier soir et tu m'as à peine parlé de la journée.

— Ce n'est pas le moment ou l'endroit pour…

— Est-ce que tu es encore contrarié par l'entretien d'hier ? Écoute, je suis désolé si j'ai dit quelque chose qui…

Archie agita la main. Il en avait assez. Puisque Ondrej continuait, il allait lui dire ses quatre vérités.

— Tu veux savoir quel est le problème ? Toi et moi avons une fausse relation. Nous nous connaissons à peine et nous commettons une imposture. Hier, j'ai menti à un agent du gouvernement fédéral. Je n'ai jamais été complètement à l'aise avec cet arrangement, mais je l'ai fait parce que je pensais que c'était le mieux pour moi et ma société.

— Je sais que la situation est étrange, mais…

— Le pire, c'est que je suis vraiment en train de tomber amoureux de toi. Plus je passe de temps avec toi, plus je t'apprécie. Alors quand tu as répété que tout ça n'était qu'une imposture, ce qui est vrai, je me suis simplement rendu compte qu'il serait probablement mieux de mettre de la distance entre nous avant que je ne m'investisse trop, tu ne crois pas ? Parce que si tout ça n'est qu'une blague pour toi…

— Ce n'est pas une blague, Archie.

La manière dont la voix d'Ondrej trancha son discours l'arrêta net.

— Bien, car elle ne serait vraiment pas drôle.

— Non.

Ondrej baissa les yeux un instant.

— C'est la proximité. Le sexe. Je ne sais pas. Nous nous apprécions. Nous nous respectons, même, je dirais. Nous ne sommes pas amoureux, non, mais je pensais que peut-être…

— Tu sais quoi ? Tu n'as pas vraiment besoin de moi. Tu pourrais trouver un emploi, obtenir un autre visa de travail et bosser jusqu'à devenir un citoyen américain. Il y a d'autres voies pour rester légalement dans ce pays. Mais si tu me quittais, je…

Archie leva son poing devant sa bouche. C'était sa plus grande peur, qu'il avait craint ne serait-ce que de prononcer. Mais il le pensait depuis la rencontre avec Nancy Smalls. Ondrej n'avait pas vraiment besoin de lui. Contrairement à lui, et pas qu'un peu. Et ce n'était même pas pour son argent. Il avait besoin d'Ondrej dans son lit, dans sa vie, près de lui, point barre.

— Tu ferais quoi ? Si je partais, qu'est-ce que tu ferais, Archie ?

— Oublie ça. C'est trop déconcertant. C'est trop dur.

Il se sentait mis à nu. Il se pencha en avant et posa la tête entre ses mains.

—Archie, je…

Mais il en avait terminé.

— Je ne veux pas en discuter maintenant. Si tu n'as pas remarqué, c'est le milieu de la journée, j'ai du travail que je dois terminer pour ne pas faire faillite et tout perdre. Alors si ça ne te dérange pas…

Ondrej se leva.

— Je vais juste rentrer à la maison, alors.

— Oui, je pense que tu ferais mieux.

Ondrej sortit et referma la porte derrière lui. Archie le remercia silencieusement. Maintenant, il pouvait perdre la tête en paix. Il lui traversa l'esprit qu'il désirait Ondrej presque plus que la réussite de la société, et s'il pouvait retourner en arrière et empêcher ces deux choses d'être aussi liées, il le ferait. À la place, il devait gérer la réalité, Ondrej n'était là que parce que son entreprise était sur le point de couler. Cependant, il était bien plus que séduisant, en tout cas pour Archie, et pas seulement parce qu'il était sexy et doué au lit. Non, il se voyait tomber amoureux d'Ondrej et avoir une vraie relation dans laquelle ils construisaient une vie ensemble et vivaient heureux jusqu'à la fin des temps.

Mais c'était un fantasme.

Il se donna donc cinq minutes pour s'effondrer derrière les portes closes. Puis il se glissa dans sa salle de bain privé, s'aspergea le visage d'eau froide et retourna travailler.

Chapitre Seize

QUELQUES jours tendus passèrent durant lesquels il évita essentiellement Ondrej. Celui-ci dormait de nouveau dans sa propre chambre, ce qu'Archie regrettait, mais il pensait que c'était peut-être la bonne décision, compte tenu des circonstances.

Il était dans la cuisine un soir quand Ondrej le confronta enfin.

— Puis-je te demander ce qui se passe, bon sang ?

Archie ajustait les couvercles sur les boîtes qu'il était sur le point de mettre dans le micro-ondes.

— De quoi est-ce que tu parles ?

— Tu te caches de moi depuis des jours. Tu ne réponds pas à mes appels quand tu es au bureau. Tu m'envoies balader quand j'essaie de te parler. Que se passe-t-il exactement pour que tu te sentes obligé d'agir ainsi ? Est-ce que j'ai fait quelque chose ?

Archie n'arrivait pas à trouver la meilleure manière de répondre. Il fixa les deux récipients devant lui – un avec des restes de poulet, l'autre avec des restes de légumes et de riz – et essaya de trouver quelque chose de plus concret que le fait qu'être dans cette maison avec Ondrej le perturbait à ce point.

— Tu avais raison, je ne sais pas pourquoi je pensais que nous pouvions avoir une vraie relation. Tout n'est qu'imposture. Je sais que ce sera étrange, mais je pense que nous devrions recommencer à être juste colocataires jusqu'à ce que tu obtiennes ta carte verte. Et je sais que ça pourrait prendre un moment, donc…

— Est-ce que tu plaisantes ?

Ondrej s'avança vers le plan de travail, se tenant à environ un mètre d'Archie, et posa sa paume sur le dessus en granit. Il fronça les sourcils.

— Non, tu ne plaisantes pas. Je ne… que s'est-il passé ? Je ne comprends pas.

Cela le frustrait qu'Ondrej joue à l'idiot, parce qu'il savait aussi bien que lui ce qu'il avait dit.

— Écoute, quand notre entretien a été terminé avec Nancy Smalls, tu avais raison. C'est une relation frauduleuse. Je ne sais pas pourquoi nous avons l'impression que nous devons prétendre le contraire. Ou pourquoi simuler, puisque tu n'as clairement pas besoin de mon aide. Moi je ne ferai plus semblant.

Ondrej pâlit.

— Donc c'est tout ? C'est terminé, juste comme ça.

Archie haussa les épaules.

— On dirait bien que c'est ce que tu souhaites. Je veux dire, pourquoi te donnes-tu la peine de rester avec moi alors que tu pourrais obtenir un autre visa de travail de toute façon ?

Les yeux d'Ondrej s'écarquillèrent.

— C'est de ça qu'il s'agit ?

Archie savait qu'il était pathétique, et qu'il se précipitait probablement au-delà d'une ligne invisible marquant la limite du comportement raisonnable, mais il se sentait trop à vif pour se réfréner. Il voulait Ondrej. Il était en train de tomber amoureux. Et le regarder se tenir là de manière si impassible le tuait.

— Je ne… Je comprends qu'il soit difficile de trouver un travail en ville en ce moment, que tu n'avais plus de travail depuis assez longtemps pour qu'ils t'expulsent si nous ne nous étions pas mariés, mais maintenant tu as techniquement un travail à Katsaros, même si tu ne touches pas de salaire. Je pourrais signer la putain de paperasse. Alors nous pourrons mettre tout ce mariage bidon derrière nous. N'est-ce pas ce que tu veux ?

Ondrej leva la main et la frappa contre le plan de travail.

— Non, ce n'est pas ce que je veux. Et je n'ai accepté ce travail que parce que je suis marié avec toi. Je croyais que nous, je ne sais pas, allions vers une sorte d'arrangement.

— Arrangement ?

Qu'est-ce que c'était que ça ? Ce n'était pas une sorte d'arrangement sexuel mutuel. C'était un mariage. Et si Ondrej n'était pas prêt à le prendre au sérieux, alors il en avait terminé. Il devait faire marche arrière avant d'être trop impliqué émotionnellement.

— Ce n'est pas un putain d'arrangement, Ondrej.

— Alors qu'est-ce que c'est ?

Archie ne savait pas comment l'expliquer.

— Ce n'est pas… Ça a cessé d'être un arrangement commercial pour moi il y a longtemps, Ondrej. Je sais que j'étais probablement plus investi que toi, mais j'ai toujours été attiré par toi, et quand il s'est avéré que nous avions des choses en commun et que nous pouvions discuter, eh bien, j'ai commencé à penser qu'il pourrait y avoir quelque chose de réel entre nous. Mais c'est ridicule, pas vrai ? Je me suis fait des illusions, putain. J'ai été célibataire trop longtemps, trop de conneries dans ma vie l'année passée, et je n'arrive même plus à penser correctement.

Archie savait que c'était confus. Il savait qu'il disait probablement n'importe quoi et ne s'exprimait pas correctement pour qu'Ondrej le comprenne. Mais celui-ci se tenait également là, l'air sidéré.

— Archie, je…

— Oublie ça.

Archie fourra les deux récipients dans le micro-ondes et enfonça le bouton Réchauffer.

Ondrej posa les mains sur ses hanches et grimaça.

— Je ne suis pas doué pour m'exprimer parfois, surtout si je ne connais pas les mots en anglais, mais je ne sais pas où tu as eu l'idée que…

— Je sais, pas vrai ? À quel point suis-je stupide, putain ?

Ondrej laissa retomber ses bras et grogna.

— Vas-tu me laisser finir ? Tu n'as aucune idée de ce que j'étais sur le point de dire.

— Bon.

— Bien. J'allais te dire, je ne sais pas où tu as eu cette idée que tu es plus investi que moi. Je veux aussi que ça fonctionne.

— Tu veux que ça fonctionne pour que tu puisses obtenir ta carte verte, et si tu as une bonne relation sexuelle dans l'arrangement, alors bonus, pas vrai ?

— Bien sûr, dit Ondrej avec un haussement d'épaules.

— Je ne veux pas que tu partes, mais peut-être que ce serait mieux que tu le fasses, si tu gardes cette attitude.

— Archie, je… je veux dire, est-ce que c'est pour l'argent que tu veux que je reste ? Je sais que tu en as besoin pour la société, et si je devais partir…

— Ce n'est pas de ça qu'il s'agit, l'interrompit Archie entre ses dents.

Ce commentaire fut comme un coup de couteau dans le ventre, qu'il ne voulait pas honorer de davantage de discussion. Il lui avait avoué ses sentiments, et si Ondrej ne pouvait pas comprendre ce qu'il ressentait, alors il n'essaierait plus d'argumenter.

Le micro-ondes bipa, Archie en sortit les récipients. Le plastique chaud grésilla contre sa peau, mais il s'en moquait. Il retira les couvercles, attrapa une assiette et déposa la nourriture dessus. Il lança les plats dans l'évier et ramassa son assiette.

— Je vais manger dans le bureau. Ne me suis pas. J'aimerais être seul un moment.

— Très bien.

Là-dessus, il sortit à grands pas de la cuisine.

ONDREJ n'était pas tout à fait sûr de ce qui venait de se passer. Il était venu dans la cuisine pour trouver quelque chose à manger. Il n'avait pas eu l'intention de chercher la bagarre, mais quand il avait vu Archie fixer son dîner si tristement, quelque chose en lui s'était brisé. Ses nuits passées avec Archie lui manquaient, la bonne relation qu'ils avaient développée dernièrement lui manquait. Maintenant il avait l'impression d'avoir été quitté. Pourtant ils vivaient encore dans la même maison.

C'était si proche de ses pires cauchemars. Est-ce qu'Archie allait le mettre dehors maintenant ?

Et que diable avait-il fait pour mériter toute cette hostilité de sa part ?

Il s'appuya contre le plan de travail et posa une main contre son front. Il retourna chaque conversation qu'ils avaient eu au cours des derniers jours. Quand est-ce qu'Archie avait changé ? Qu'est-ce qui s'était mal passé ?

Ondrej avait parlé de manière déplacée, n'est-ce pas ? Il avait traité leur relation d'imposture à la fin de leur entretien avec Nancy Smalls. Mais il avait voulu dire par le passé. N'est-ce pas ? Parce qu'il avait pensé que les choses changeaient entre eux, mais peut-être que ce n'était pas ce qu'Archie voulait.

Et quand celui-ci avait commencé à mettre de la distance entre eux, et qu'il lui avait dit qu'il pouvait obtenir un visa de travail pour que toute cette mascarade se termine, eh bien, la première chose qu'il s'était dite, c'était que si Archie était aussi désespéré, c'était seulement à cause de l'argent d'Ondrej dont il avait besoin. Ce dernier pouvait donc demeurer ici, s'il restait dans sa chambre et qu'ils vivaient comme des voisins au lieu d'amants ou de maris. Cette simple pensée lui donna l'impression que ses veines étaient remplies d'eau glacée.

Il ouvrit et referma le réfrigérateur plusieurs fois sans se décider sur ce qu'il voulait manger. Il pourrait préparer quelque chose, réchauffer des restes, ou même se faire livrer quelque chose.

Il y avait trop d'options.

Il se pencha en avant et appuya son front contre la porte du congélateur. Que voulait Archie ? Pourquoi était-il contrarié ? Voulait-il qu'Ondrej reste ou parte ?

Et pourquoi Ondrej s'en souciait-il autant ?

Eh bien, cette dernière question avait une réponse évidente.

Il s'assura que le réfrigérateur était fermé puis marcha vers le bureau. La porte était close. Il s'imagina un instant Archie penché sur son bureau, ingurgitant la nourriture dans sa bouche pendant qu'il fixait des feuilles de calcul et des plans sur son ordinateur portable. Ondrej se demanda combien de nuits il avait passé exactement comme ça avant qu'il n'emménage. Probablement un certain nombre.

Archie ne sortait pas beaucoup, n'est-ce pas ? Il travaillait probablement comme un fou depuis la mort de son père, essayant vaillamment de sauver sa société. Et Ondrej faisait partie de cette solution, mais il savait également, au fond de lui, que ce n'était plus seulement en termes d'argent. Autrement, Archie n'aurait pas réagi de manière aussi vive quand il lui avait suggéré que c'était le cas.

Ondrej frappa doucement à la porte.

— Je sais que tu as dit que tu voulais rester seul, mais est-ce que je peux entrer, s'il te plaît ? Je veux te parler.

Il entendit des pas traînants de l'autre côté de la porte. Cette dernière s'entrouvrit et Archie regarda à l'extérieur.

— Quoi ?

— Je suis désolé si je t'ai insulté d'une manière ou d'une autre, ou si tu es contrarié. J'aimerais me faire pardonner.

Archie soupira.

— Ce n'est pas toi. Tu n'as vraiment rien fait. C'est moi et mes… enfin.

— Je tiens à toi, Archie. Ce n'est pas un mensonge.

— Je sais, mais… Je ne peux pas vraiment l'expliquer. Et j'ai… j'ai eu une dure journée. Je veux juste du temps pour moi.

— OK.

— Alors s'il te plaît, peux-tu me laisser seul un moment ?

— Bien, juste… avant que tu n'aies le moral à zéro, je pense que tu as mal compris certaines des choses que je t'ai dites, et je voulais les clarifier…

— Non, ne t'en donne pas la peine. Tout n'est qu'imposture. Tout. Notre relation, moi, tout. Donc pourrais-je avoir quelques fichues minutes pour m'apitoyer complètement sur mon sort ? S'il te plaît ?

La pensée qu'Archie soit vraiment dans une si mauvaise passe et qu'il puisse faire quelque chose de stupide traversa l'esprit d'Ondrej.

— Tu ne vas pas…

— Je vais juste dîner et aller au lit. D'accord ?

Ondrej le laissa donc. Il commanda à dîner chez l'Italien du coin, incluant une grande part de tiramisu, le préféré d'Archie. Il posa un post-it au-dessus du récipient en plastique, sur lequel il écrivit : Cadeau de Réconciliation. Il laissa la boîte devant le bureau qu'Archie devait encore quitter.

Il ne s'agissait pas de l'argent d'Ondrej. Ce n'était plus le cas désormais. Ondrej était tombé amoureux d'Archie, et il savait que c'était réciproque, mais au lieu d'être ensemble, ils étaient coincés dans une sorte d'impasse alors qu'ils essayaient de comprendre ce qu'ils ressentaient vraiment.

Lorsqu'il se dirigea vers la salle de séjour pour regarder la télé un moment – espérant trouver une distraction face à l'humeur d'Archie – il entendit celui-ci entrer par l'autre porte de la cuisine et faire couler de l'eau sur sa vaisselle. Donc il ne se faisait pas trop de mal pendant qu'il était coincé dans sa déprime.

Après une heure où la télé ne réussit pas à le distraire, il abandonna et monta les escaliers. Il s'arrêta d'abord dans sa chambre, où il se déshabilla, lança ses vêtements dans le panier, puis enfila un pantalon de pyjama en flanelle. Il regarda le lit, toujours fait suite à la dernière visite d'Hildy, mais la perspective de se coucher à nouveau seul le rendit triste. Alors, à la place, traversa le couloir jusqu'à la chambre d'Archie. La porte était fermée – une rareté, étant donné qu'elle était restée ouverte la plupart du temps pendant des semaines – mais il pénétra quand même à l'intérieur.

Il était inquiet maintenant. Il était probablement irrationnel de présumer qu'Archie ferait quelque chose pour se blesser, mais il ne savait pas jusqu'à quel point une aussi mauvaise humeur pouvait empirer. Ce manque de connaissance était probablement un problème, mais c'était quelque chose qu'il aborderait plus tard.

Alors qu'il se glissait par la porte, Ondrej se rendit compte qu'il y avait une raison pour laquelle il persévérait autant. S'il ne tenait pas à Archie, il ne se donnerait pas la peine d'essayer de faire en sorte qu'il se sente mieux. Il ne se faufilerait pas dans sa chambre la nuit pour s'assurer qu'il allait bien. Non, Ondrej avait besoin d'Archie, tout aussi sûrement que lui avait besoin d'Ondrej, et ce dernier savait qu'il devait trouver un moyen de briser l'extérieur glacé d'Archie.

Ce dernier était endormi, ou semblait l'être. Il était pelotonné en position fœtale sur son côté du lit, les couvertures remontées jusqu'au menton. Ondrej s'y glissa et se positionna en cuillère derrière lui.

Archie émit un son, une sorte de murmure aigu, alors Ondrej passa un bras autour de lui.

— Ondrej, je ne peux pas…

Alors il était donc réveillé. Ondrej l'embrassa sur l'épaule.

— Chut.

Puis, réfléchissant :

— Tu te souviens de la nuit où j'ai dit à ma mère que je t'avais épousé ?

Archie poussa un soupir.

— Oui.

— C'est la même chose. Tu es contrarié et j'essaie de faire en sorte que tu te sentes mieux.

— C'est toi qui me contrarie.

Dis aussi clairement, cette affirmation alla droit au cœur d'Ondrej.

— Je sais. Mais juste… Je ne sais pas exactement ce qui te contrarie, mais je veux que ça aille mieux. Et je ne voulais pas aller me coucher seul.

Archie se pressa contre Ondrej.

— D'accord.

— Bien.

— Merci pour le tiramisu.

— C'est normal.

IL était dur de nier qu'Archie dormait plus profondément quand Ondrej était au lit avec lui. Mais ce n'était pas une chose à laquelle il pouvait s'habituer, parce que lorsqu'il sortit du lit le matin suivant, il ne se sentait pas vraiment mieux.

Oh, il avait apprécié qu'Ondrej lui ait laissé du dessert, et qu'il se soit faufilé dans le lit, et il croyait que celui-ci pensait être sincère. Mais d'un autre côté, il n'arrivait pas complètement à croire à leur relation. Elle semblait trop fragile, trop précaire, et Ondrej avait plus ou moins rendu clair qu'ils passeraient du temps ensemble, mais il était certain qu'il choisirait de partir une fois qu'il aurait sa carte verte. Ou s'il réussissait à se procurer un visa de travail. Suivant lequel des deux se produirait en premier.

Si Ondrej partait, Archie ne pourrait pas le supporter.

C'était cela, le vrai problème. Il n'était pas prêt à aller plus loin, n'était pas prêt à ce que son cœur se fasse piétiner davantage qu'il ne l'était déjà.

Ondrej ne remua pas avant qu'Archie ne soit déjà presque entièrement habillé. Il nouait sa cravate quand il se redressa, les cheveux ébouriffés.

— Tu pars ? demanda-t-il.

— Oui, je dois aller au bureau.

À l'évidence. On était vendredi.

Ondrej hocha la tête.

— Écoute, à propos d'hier soir…

— Pouvons-nous éviter ?

Archie ne voulait plus ramener ça sur le tapis.

— Je voulais juste m'excuser pour…

— Je t'ai entendu la première fois. J'accepte tes excuses. Mais je pense qu'il serait probablement mieux que nous restions séparés un moment.

— Pourquoi ?

— Je sais que tu veux bien faire, répondit Archie en enfilant sa veste de costume. Mais en fin de compte, nous commettons toujours une imposture, et même si nous dépassons ça, je ne sais pas. Cela semble être une fondation trop chancelante pour une relation. Il semble que je ne puisse pas abandonner l'idée que tout est faux et le sera toujours.

— Même après tout ce qui s'est passé entre nous ?

— Et, ajouta Archie en vérifiant son apparence dans le miroir, je ne suis pas capable de coucher avec toi pour passer le temps jusqu'à ce que tu obtiennes ta carte verte et me quittes. Je ne peux pas. Je pensais que je pourrais peut-être, mais je sais maintenant que ce n'est pas vrai. Alors je pense vraiment qu'il est mieux pour nous de retourner dans nos chambres respectives. D'accord ? Nous pouvons être colocataires, n'est-ce pas ?

Les yeux d'Ondrej étaient écarquillés. Mais il hocha lentement la tête.

— Si c'est ce que tu veux.

— Ça l'est.

— D'accord, Archie.

Celui-ci hocha la tête. Ce n'était pas aussi satisfaisant qu'il l'avait cru. La persistance d'Ondrej la nuit précédente l'avait énervé, en fait, et il avait cru que dire clairement ce qu'il ressentait le remettrait à sa place.

À la place, il se sentait vide.

Mais, pensant qu'il ne pourrait pas faire plus de dégâts ce matin-là, il passa la main sur l'avant de sa cravate encore une fois.

— Je te verrai plus tard, Ondrej.

— Oui.

Ondrej avait l'air abasourdi.

Ne voulant pas s'attarder, Archie s'en alla.

Chapitre Dix-Sept

CE n'était pas une imposture. Plus maintenant. Ce n'était pas feint. Ondrej faisait les cent pas dans la salle de séjour, essayant de comprendre ses propres sentiments et comment il pourrait s'excuser envers Archie. Il savait que cette situation avait cessé de n'être qu'une façade la nuit du gala. Mais alors, qu'est-ce que c'était maintenant ? Et que voulait-il ?

Il en arrivait à penser que ce qu'il voulait, c'était Archie.

Il s'assit dans le salon, fixant l'écran vide de la télé, essayant de trouver le meilleur plan d'action.

Quatre mois à New York, et tout ce que cela lui avait rapporté, c'était un mariage bidon et un manoir tombant en ruine. Mais il pourrait se créer une belle vie ici. Il pourrait trouver son but – que ce soit à Katsaros

Holdings ou ailleurs – et il pourrait construire une vie avec Archie. Avec un Archie qui avait accepté de retirer le masque de son personnage public quand il était chez lui et dans un espace privé.

Parce qu'Amy avait raison : Archie était un marshmallow. Il mettait le masque bourru et quelque peu abrasif pour ses employés et le masque jovial et charmant pour ses riches pairs, mais ce n'était pas lui. D'une part, il se souciait sincèrement des gens, et il avait un certain charme naturel. Ondrej progressait pour différencier l'homme réel de celui de l'image publique, et il commençait vraiment à tenir à l'homme réel. Il pouvait se voir passer du temps avec le vrai Archie dans un avenir proche, et pas seulement comme un moyen de parvenir à ses fins.

Pour la première fois, il envisagea vraiment les possibilités. Il avait eu une poignée de relations à court terme et une à long terme quand il avait la vingtaine, mais aucune n'en était arrivée à la phase où il avait vraiment envisagé le futur. Et il se rendit compte qu'il avait toujours imaginé une vie d'amour, de succès et peut-être également des enfants et une famille. Il avait fallu sortir de Prague pour voir que la façon de faire irréfléchie de ses parents n'était pas la seule, et maintenant il avait beaucoup d'opportunités au bout des doigts, y compris un homme bien qui ferait probablement un mari et un père excellents.

Un marshmallow grillé à qui il en arrivait à tenir énormément.

Ce qui était la raison pour laquelle cela le détruisait de penser qu'il l'avait contrarié.

Archie avait exprimé clairement ses sentiments. Et c'était à la fois terrifiant et exaltant pour Ondrej. Il voulait bien faire avec Archie, mais il savait que les enjeux étaient plus élevés maintenant.

Il ne s'agissait pas de la société, plus maintenant, ni même qu'Ondrej reste aux États-Unis ou qu'Archie trouve assez d'argent pour maintenir son entreprise à flot. Il s'agissait de trouver une solution pour que deux personnes qui s'étaient retrouvées ensemble par commodité puissent y rester véritablement, pour de longues années à venir.

Hildy entra dans le salon, faisant rouler l'aspirateur. Elle examina les sols puis se déplaça jusqu'au tapis devant le canapé.

— Vous traînez de la poussière depuis le couloir. Regardez les empreintes de pas !

Ondrej portait des chaussettes sombres et n'avait pas remarqué la poussière.

— Vraiment désolé, dit-il, époussetant le dessous de ses pieds avec ses mains.

— Vous êtes bien habillé. Pourquoi n'êtes-vous pas au bureau ?

Il s'était habillé quelques heures auparavant et avait pensé y aller et défendre sa cause, mais il s'était dit à ce moment-là que ce serait trop. Archie avait été clair dans ses sentiments, et il avait déclaré qu'il voulait de la distance. Il s'inclinerait donc devant ses souhaits.

— Archie devait travailler. Il m'a demandé de le laisser tranquille un moment.

Hildy secoua la tête.

— Ce garçon est tellement solitaire.

Ondrej n'était pas sûr de savoir quel était le rapport.

— Non, ce n'est pas… Il m'a dit qu'il voulait du temps, que nous devions rester chacun de notre côté. Nous avons eu en quelque sorte une grosse dispute hier soir.

Hildy fit claquer sa langue.

— Cet homme. Il a passé sa vie entière à essayer d'être ce que son père voulait qu'il soit, mais n'a jamais pris le temps de trouver ce que lui voulait. Et maintenant, il dirige cette société seul et travaille trop. Je pensais que le fait que vous emménagiez l'aiderait, mais il semble toujours pareil.

Ondrej se déroba.

— Vous ne savez même pas à quel sujet nous nous disputions.

— Je n'ai pas besoin de le savoir. Je connais Archie depuis longtemps, dit-elle en haussant les épaules. Vous vous êtes donc disputés. Il a supposé que c'était plus grave que ça ne l'était vraiment, vous a repoussé et est allé passer la journée au bureau. Est-ce à peu près ça ?

Hildy était étonnamment perspicace. Il prit mentalement note de lui donner une augmentation.

— C'était plutôt grave. Nous nous sommes disputés sur des choses fondamentales de notre relation.

Hildy agita la main.

— Bien sûr que oui. Mon mari et moi, nous commençons à nous disputer sur ce que nous voulons regarder à la télé, et très vite, nous nous disputons sur le fait qu'il pense que je suis trop indulgente avec les enfants. Mon plus grand vient de partir pour l'université, vous savez. J'essaie de l'appeler plusieurs fois par semaine. Trop souvent, d'après mon mari. Puis nous débattons de philosophie d'éducation, et cela peut sembler beaucoup, dit-elle en secouant la tête. Les disputes arrivent. Certaines sont mesquines, certaines sont au sujet de gros problèmes. La clé pour rester mariés est de parler de ces choses. Trouver un terrain d'entente. Ne partez pas et ne laissez pas les sentiments blessés s'envenimer.

Ondrej essaya d'assimiler à la fois le fait que la femme de ménage lui donnait des conseils de mariage et le fait qu'ils étaient excellents.

— Aurais-je dû insister davantage ? Même s'il a dit clairement qu'il ne le veut pas ?

Hildy haussa les épaules.

— Vous lui faites du bien, vous savez. Il semble plus heureux depuis quelques temps. Moins solitaire. Mais même avec vous ici, il s'enferme dans ce bureau en ville.

Cela le surprit qu'Archie ait parlé à Hildy récemment et suffisamment pour qu'elle ait remarqué un changement dans son humeur, mais il se rappela qu'elle était venue à la première heure ce matin et qu'Archie lui avait donné une tassé de café et un bagel.

Archie n'était pas le charmant tyran que son père avait été, lui était le genre d'homme qui s'assurait que tout le monde autour de lui avait assez à manger. Il essayait de sauver une société sans licencier personne parce qu'il ne pouvait pas supporter l'idée que quelqu'un travaillant pour lui perde son travail.

— Archie est un homme bien, dit Ondrej.

— Le meilleur. Ne laissez pas les bêtises imprimées sur les pages people vous dire le contraire.

Ondrej se mit à rire parce que le commentaire le surprit totalement.

— Vous lisez les pages people ?

— Bien sûr. Qui ne les lit pas ?

Hildy commença à passer l'aspirateur sur le tapis, il quitta donc la pièce et alla dans le vestibule pour attraper ses chaussures.

Archie ne savait pas ce qu'il voulait de la vie, avait-elle dit. Mais il voulait Ondrej. Pour le reste,

Ondrej n'en savait rien, mais il pouvait au moins lui donner une chose.

Il formula donc un plan. Parce qu'il savait qu'Archie était trop enlisé dans sa tête pour prendre quoi que soit qu'il dirait pour argent comptant. Il devait faire ses preuves.

Tous ces efforts pour un homme qu'il n'était même pas sûr d'avoir apprécié quelques semaines auparavant. Mais clairement, quelque chose avait changé, et Ondrej était déterminé à l'explorer.

Chapitre Dix-Huit

QUAND Archie rentra, le plafonnier dans le vestibule était éteint, mais une ligne de bougies menait à la grande salle à manger dans l'aile ouest de la maison. Ondrej avait dû les mettre là, mais que diable se passait-il ?

Curieux, il suivit les bougies.

Archie utilisait encore moins la salle à manger que le salon – il préférait de loin manger à la table plus ordinaire dans la cuisine – mais son élégance ostentatoire était atténuée par les lumières tamisées. Une énorme composition florale était posée au centre de la table, et de longues bougies coniques et fines encerclaient les fleurs. C'était magnifique et, eh bien, romantique.

Ondrej se tenait à un bout de la table, le visage souriant.

— Qu'est-ce que c'est que tout ça ?

— Un geste romantique.

Archie n'y croyait pas. Il secoua la tête. Il n'avait pas la force de jouer un rôle, ce soir, pour quiconque, et il n'arrivait pas à comprendre pourquoi Ondrej était allé à de telles extrémités dans la maison, qui était essentiellement un sanctuaire face à tous les mensonges.

— Ondrej, j'apprécie les efforts que tu fournis, mais je ne peux pas…

— Je pense que tu te méprends, dit Ondrej en faisant le tour de la table pour rejoindre Archie. J'ai pensé à nous toute la journée. Voilà ce que j'en ai conclu. Cette relation a commencé comme un arrangement pratique, mais plus nous apprenons à nous connaître, plus nous nous apprécions, pas vrai ?

Archie retint son souffle mais hocha la tête.

— Quand tu m'as demandé après l'entretien avec l'immigration ce que je pensais, je t'ai répondu que notre relation était construite sur une imposture. Nous avons maintenu la mascarade pour Mme Smalls, mais la vérité est que ça a cessé d'en être une pour moi il y a quelques temps. Plus j'apprends à te connaître, Archie, plus je t'apprécie, sincèrement. Je t'ai sérieusement mal jugé quand nous nous sommes rencontrés et je veux me faire pardonner pour ça. Je veux te prouver que je suis sincère et que ce n'est pas un rôle. J'ai donc décidé que nous devions faire quelque chose de romantique.

Archie était réticent. Il aimait ce qu'il entendait, mais ce serait peut-être les ingrédients qui pourraient le blesser en fin de compte. Il ouvrit la bouche mais ne sut quoi dire.

— Je ne t'ai pas convaincu, dit Ondrej. Alors réfléchis à ça. Nous vivons à une époque étrange et moderne. Peux-tu imaginer combien d'hommes gays ont épousé des femmes pour obtenir des cartes vertes durant les cent dernières années ? Pour échapper à des régimes oppresseurs dans leurs pays d'origine ? Ma mère ne m'approuve pas, mais ma vie ne serait pas en danger si je devais retourner à Prague. Je ne veux pas y retourner, mais j'avais des options. Je n'ai pas eu à épouser une femme. À la place, j'ai épousé un homme qui m'attire et à qui je tiens. Non, nous ne nous connaissions pas bien le jour de notre mariage, mais cela a changé durant les dernières semaines, ne penses-tu pas ?

Archie était d'accord, mais il ne fit que hocher la tête.

— Je crois que je te comprends maintenant, Archie. Tu projettes cette image de dur businessman, quelqu'un qui est déterminé et ne se laisse pas emmerder par qui que ce soit. Tu diriges ta société de la manière dont ton père le faisait, ou de la manière dont tu crois qu'il l'aurait voulu. Mais à l'intérieur, tu es un marshmallow.

Archie regimba.

— Je suis sérieux, dit Ondrej, se rapprochant. Tu as bon cœur et tu es doux. Je ne dis pas ça comme une insulte. Pour moi, cela te rend plus attirant. Tu as une réelle compassion pour les personnes qui travaillent pour toi – pour les autres personnes en général aussi. Cela te rend différent de ton père, mais de la meilleure des manières. J'aime bien cet Archie là. (À quelques centimètres maintenant de lui, Ondrej pointa son doigt sur son torse, effleurant sa cravate.) J'aime bien mieux l'homme que tu es que celui que tu as essayé de me faire croire que tu étais quand nous nous sommes rencontrés.

Archie trouva cela difficile à croire. Les marshmallows étaient doux et tendres. Lui essayait de se montrer dur, mais il savait qu'il était trop sensible. Il pouvait entendre la voix de son père dans sa tête quand il essayait de trouver comment sauver ses employés de leurs lettres de licenciement. Il était faible. Il était une lavette.

Mais Ondrej se tenait là.

— J'aime bien l'homme que tu es vraiment. Et j'aimerais emmener cet homme à un vrai rendez-vous. Pas d'élaboration sur comment tromper le public. Pas de discussion d'affaires. Juste toi, moi et un dîner agréable. Puis ensuite, il y a un groupe de jazz qui joue dans un club que je connais, et j'ai pensé que ça pourrait être bien d'écouter de la vraie musique américaine. Avec toi. Qu'en dis-tu ?

C'était une offre difficile à refuser, mais Archie hésitait encore. Il n'était pas sûr de savoir. Pourtant, Ondrej semblait sincère. Mais il avait la sensation tenace que tout ça n'était que fragile et temporaire, que dans un an, ou deux, quand sa carte verte arriverait, cela se terminerait.

Ondrej se rapprocha, dans l'espace personnel d'Archie. Il posa les mains sur la taille de de ce dernier.

— Je suis parfaitement sincère. Je sais que tu as des incertitudes, que tu doutes de moi, mais je veux ça, et je pense que toi aussi. Peut-être que tu ne me crois pas. Alors je te le prouverai.

Ondrej se pencha et l'embrassa.

Et Archie se sentit perdu. Il ne pouvait plus se contenir. Il avait trop envie de tout ça. Il posa les mains contre le visage d'Ondrej pour le maintenir en place pendant qu'ils exploraient la bouche l'un de l'autre. Il ignorait comment il avait pu maintenir Ondrej à distance, mais il ne voulait plus le faire.

Ondrej recula lentement et sourit à Archie.

— Alors, veux-tu sortir avec moi ce soir ?

— Eh bien, dit comme ça…

ONDREJ avait appelé Amy pour qu'elle lui recommande des restaurants et elle lui avait donné le nom de ce qu'elle appelait un restaurant « *new american* » où elle mangeait très souvent avec son mari. Elle lui avait assuré que la nourriture était bonne et que l'atmosphère était romantique.

C'était une nuit agréable, Ondrej proposa donc de traverser la ville à pieds. Il connaissait le chemin le plus court pour traverser Central Park – il avait eu besoin de s'occuper quand il ne travaillait pas – même s'il n'était pas opposé à faire une promenade plus sinueuse. C'était une nuit agréable, chaude mais pas trop. Archie semblait partant lorsqu'ils traversèrent la Cinquième Avenue vers l'entrée du parc.

Indépendamment de leur grand baiser échangé, Archie semblait toujours réticent, éloigné d'un pas ou plus d'Ondrej alors qu'ils avançaient à travers le parc. Par souci de tenir sa promesse, ce dernier prit la parole juste pour faire la conversation.

— J'avais vu des photos de Central Park avant d'emménager ici, mais je ne m'étais jamais rendu compte à quel point c'était grand avant d'essayer de le traverser.

— Ma nounou avait l'habitude de m'emmener au terrain de jeu que nous venons de dépasser, continua Archie. Elle s'appelait Sonia. Elle vit dans le Bronx maintenant. Nous nous parlons encore parfois et échangeons des cartes de fin d'année. (Il donna un coup de pied dans un caillou.) J'étais plus proche d'elle que de ma mère sur certains points. Mère n'était jamais à la maison. Elle était toujours occupée par une réception ou une autre.

— J'ai été élevé par des nounous aussi. La maison était dirigée par Ada, en quelque sorte la gouvernante en chef, et elle me gardait presque tous les jours. Puis ils ont engagé une tutrice du nom de Doubravka qui m'a appris la grammaire et les maths, surtout, et qui m'a aussi aidé pour mon anglais. Elle avait un petit ami américain et je trouvais que c'était le garçon le plus cool du monde. Il a été mon premier béguin.

— C'est drôle, parfois j'ai l'impression qu'il pourrait vraiment y avoir un océan entre nous, mais je suppose que nous avons beaucoup en commun.

— Ou c'est l'inverse.

Ondrej fit un geste sur le chemin pour prendre un virage et Archie suivit.

— Ma famille a passé plus de temps durant les années 80 à prétendre être riche qu'à l'être vraiment. Les familles de la haute société à Prague se donnaient de grands airs pendant que leurs comptes bancaires s'asséchaient. Mais la politique gouvernementale a efficacement détruit l'économie en empêchant toute réelle innovation. Ce n'est vraiment que grâce à mes grands-parents que ma famille avait de quoi vivre.

— Tes parents ne voulaient pas déménager ?

— Non. La famille de mon père était au pouvoir à Prague depuis qu'elle faisait partie de la Bohême. Comme ta mère, je pense.

— Moins quelques centaines d'années, oui.

Ondrej émit un petit rire.

— Enfin, il se sentait fortement connecté à la ville. Et ma mère ne voulait pas partir sans mon père. Nous sommes donc restés.

— Mais tu es parti.

— Oui, enfin. Il n'y a qu'un certain nombre de fois où on peut entendre qu'on fait honte à l'héritage de la famille en vivant sur de l'argent hérité et sans se marier, répondit Ondrej en soupirant. Je n'aimais pas Prague, pas de la même manière que mes parents. Mais après une semaine à New York, je savais que c'était là que j'avais ma place.

— Pour ce que ça vaut, je suis content que tu sois là. Ce n'est pas exagéré de dire que ma vie a changé de manière irrévocable ces dernières semaines.

— La mienne aussi.

Quant à savoir si le changement était pour le mieux, cela restait à voir.

Ils arrivèrent au restaurant peu de temps après et furent conduits à une table sur le côté, plus idéale pour parler que pour être vus, ce qui était ce qu'Ondrej avait prévu. Le restaurant était faiblement éclairé et romantique, avec des bougies scintillant sur chaque table. En d'autres termes, c'était parfait.

Après qu'un serveur leur eut servi du vin, Archie reprit :

— Qu'est-ce qui t'a surpris le plus en Amérique jusqu'ici ?

Ondrej sourit, appréciant l'expression amusée sur le visage d'Archie. Elle lui donnait l'air juvénile et curieux.

— J'avais entendu dire, par des amis plus expérimentés que moi, que l'Amérique était très refoulée et conservatrice. Mais New York est plus libre que je ne m'y attendais. Chacun vaque simplement à ses occupations.

— C'est New York. Les choses sont différentes dans le reste du pays.

— Je sais. Ce n'était simplement pas ce à quoi je m'attendais. Enfin, beaucoup de choses ne se sont pas passées comme je l'avais prévu. Je ne pensais certainement pas à me marier. Mais je ne m'attendais pas non plus à vouloir rester ici à ce point.

— Je n'ai jamais vécu ailleurs. Je n'arrive pas à m'imaginer déménager.

— Tu n'as pas grandi dans un pays communiste, je suppose.

— C'est vrai, mais tu sais qu'il y a quelque chose de magique ici. Quelque chose de magique à New York. Tu ne peux pas t'imaginer partir, n'est-ce pas ?

Ondrej sourit à cela.

— Tu as raison. Je n'en ai certainement pas envie.

Ils passèrent les quarante minutes suivantes à discuter de sujets plus légers : du film américain préféré d'Ondrej (*Dirty Dancing*) et de celui d'Archie (*Wayne's World*), des livres qu'ils avaient lus cet été, ou qu'Ondrej avait lus, puisqu'Archie avait rarement le temps d'en terminer un, des ragots des tabloïds, des avantages relatifs du nouveau téléphone portable d'Ondrej, des créateurs de mode préférés d'Archie, des séries télé qu'il aimerait avoir le temps de visionner mais qu'Ondrej avait regardé à la chaîne et pouvait lui recommander, et même un peu des rumeurs au bureau. Archie semblait particulièrement ravi qu'un de ses meilleurs gars en marketing sorte avec une femme des comptes fournisseurs.

— Je suppose que si je les garde au bureau tout le temps, il est normal qu'ils sortent ensemble, dit Archie avec un petit rire.

Ondrej se mit à rire aussi.

— Je ne sais pas si c'est une bonne chose ou non. Cette éthique de travail américaine…

— Je sais. Je plaisantais.

Les longues heures que certains des employés devaient accumuler était un sujet qui valait la peine d'être creusé, mais pas maintenant. Ondrej sourit à Archie mais nota mentalement de le ramener sur la table plus tard. Cet instant leur était consacré, et non au travail ou à la société.

Alors qu'ils avançaient dans le menu dégustation du chef, la discussion se porta sur la nourriture. Archie n'appréciait pas la mousse de foie gras, même si Ondrej la trouvait délicieuse. Ils furent d'accord que le plat d'asperges était bon de manière inattendue. Ils essayèrent tous deux le cerf. Archie décréta qu'il avait trop le goût de gibier et Ondrej ne l'apprécia pas complètement non plus, mais il ne put pas mettre le doigt sur la raison. Il n'avait peut-être pas le vocabulaire anglais pour énoncer à Archie ce qu'il appréciait ou non. Il y eut un plat de pommes de terre qui était divin, un de poitrine de porc qui était savoureux et copieux, et un magret de canard dont Archie pensait qu'il était caractéristique de l'« umami », quoi que ce puisse être. Pour faire glisser tout ça, un serveur leur apporta un plateau de fromages – surtout des fromages au lait de brebis, qu'Ondrej admit préférer au fromage de chèvre.

Puis, enfin, le dessert. Ondrej s'attendait à quelque chose de petit et de prétentieux, comme l'essentiel du repas l'avait été, bien qu'il ait été délicieux. Mais à la place, on leur apporta une généreuse tranche de gâteau à la mousse au chocolat noir et blanc, avec deux fourchettes pour le partager.

— Parfait, dit Archie.

Ondrej prit bravement une bouchée. Il était léger et moelleux, et le goût sucré était coupé par un peu de sel dans la ganache au-dessus. Le gâteau était vraiment savoureux, en fait.

— C'est une façon merveilleuse de terminer un repas, dit Archie, mangeant avec enthousiasme.

— Nous allons devoir rentrer en marchant rien que pour brûler toutes ces calories.

— Tu ne voulais pas aller voir ce bar de jazz ?

Ainsi, une demi-heure plus tard, ils étaient installés dans un coin, assis dans un box derrière une minuscule table ronde. À l'insistance d'Archie, ils étaient passé du vin du restaurant à de la bière bon marché. Il expliqua que cela rendait l'expérience plus américaine.

— Cette bière a un goût de pisse, commenta Ondrej.

— L'authenticité ! dit Archie.

Ondrej se mit donc à rire, parce qu'Archie se mettait dans l'ambiance. Celui-ci expliqua qu'il avait brièvement flirté avec le saxophone au lycée – « Mère ne m'encourageait pas parce que ce n'était pas le piano ou le violon ou un instrument plus classe, mais cela avait du charme pour moi » – et la fascination qui en avait résulté pour le jazz. Ondrej pourrait l'écouter parler de manière aussi enthousiaste de n'importe quoi, il savoura donc les anecdotes sur Louis Armstrong, Miles Davis et Thelonious Monk.

Puis le groupe fit son apparition et cela ne ressembla en rien à tout ce qu'Ondrej avait déjà entendu avant. Les premières chansons semblaient lourdes de percussions et manquer de mélodie cohérente, mais il se retrouva à secouer la tête avec la ligne de basse. La musique était expressive et magnifique à sa manière.

— Ce doit être dur de danser là-dessus, dit Ondrej.

— Je ne crois pas qu'on soit sensé le faire. Sur du jazz plus ancien, certains des standards, bien sûr, mais sur ce jazz moderne, moins.

Ondrej hocha la tête, pensant à la révélation que cela avait été de danser avec Archie. Le groupe avait joué du jazz au gala de charité aussi, mais du jazz plus ancien, moins expérimental, plus mélodique. Les vieilles chansons étaient faites pour qu'on danse dessus, mais ça, c'était complètement différent.

Archie semblait être vraiment dedans et son enthousiasme était contagieux. Ondrej voulait en faire partie, alors il tendit un bras sous la table et lui prit la main. Archie lui sourit et, ensemble, ils écoutèrent encore deux séries de chansons et burent encore de la bière bon marché.

C'est en trébuchant qu'ils montèrent dans un taxi un peu plus tard – ils étaient tous les deux un peu ivres, et Archie avait insisté pour qu'ils évitent la promenade tardive à travers le parc – et arrivèrent chez eux vers minuit. Ondrej pensait avoir accompli sa mission. Archie souriait.

— Viens au lit avec moi ce soir, dit ce dernier.

C'était ce qu'Ondrej voulait entendre, mais après des jours où Archie l'avait évité, cela lui semblait étrange.

— Tu en es sûr ?

Archie hocha la tête.

— J'en suis sûr. Je sais que j'ai été impoli…

— Tu protégeais ton cœur, dit Ondrej.

Le visage d'Archie se transforma en un doux sourire.

— Oui.

— Et je te dis par mes actions de ce soir que tu n'as plus besoin de te protéger de moi. Je veux la même chose que toi.

Archie hésita.

— Je ne suis pas sûr que…

— Archie. Fais-moi confiance. D'accord ? Je veux être avec toi. Pour le futur proche. Pas parce que nous sommes mariés et pas parce que j'ai besoin de la carte verte, mais parce que je t'apprécie. J'aime que nous soyons bien ensemble. C'est ce que je veux.

Archie se mordit la lèvre et hocha la tête. Le geste était attachant, à nouveau juvénile à sa manière. Ondrej se rapprocha et l'embrassa doucement.

— Fais-moi confiance, répéta-t-il.

— C'est le cas, chuchota Archie.

Ondrej le suivit dans l'escalier. Il désirait Archie, pas seulement parce qu'il avait été privé de sexe durant les dernières nuits ou parce qu'il était excité, mais parce qu'il voulait juste être avec lui, fin de l'histoire. Ce soir avait plus été une question d'apprendre à se connaître qu'un prélude au sexe. Ondrej voulait passer plus de temps avec lui, voulait se rapprocher de lui, et oui, voulait faire l'amour.

Pour le futur proche.

Et n'était-ce pas un choc ? Ondrej tombait amoureux de son propre mari.

Chapitre Dix-Neuf

ARCHIE tenait Ondrej dans ses bras alors que celui-ci l'enfourchait, se frottait contre lui et l'embrassait doucement. Ils étaient tous les deux nus, lui donnant accès entièrement à la magnifique peau d'Ondrej, qu'il caressait religieusement sur tout ce qui était à sa portée.

Ondrej baissa la tête et l'embrassa, enfonça ses dents dans la lèvre inférieure d'Archie. Celui-ci grogna et lui envoya un coup de reins.

La chaleur s'étendait sur son torse et elle ne provenait pas seulement de l'orgasme imminent qui grandissait. Il en arrivait à vraiment chérir l'homme entre ses bras. Il n'y avait pas de tromperie ici, pas de faux-semblant, rien que deux hommes à nus l'un devant l'autre, partageant un moment parfait.

La minuscule lampe de chevet d'Archie était la seule source de lumière en dehors de la brume orange provenant des réverbères filtrant par les rideaux diaphanes. Elle avait pour effet de faire luire la peau d'Ondrej. Il voulait la goûter, il déposa donc des baisers sur son torse, sur sa clavicule. Il lui mordit un mamelon, ce qui le fit hoqueter, grogner et enfoncer ses doigts dans les cheveux d'Archie.

— Putain, j'y suis presque, dit Ondrej.

Archie voulait encore lui demander s'il le désirait pour autre chose que le sexe et une carte verte, pas complètement convaincu malgré son discours au rez-de-chaussée, mais cela briserait ce moment. Ondrej glissait de haut en bas sur le membre d'Archie, et la sensation était si exquise que l'esprit de celui-ci devint vide pendant un instant, mais il avait toujours un doute. Le rendez-vous de ce soir aurait dû le convaincre qu'ils avaient un avenir, et il croyait Ondrej quand il lui disait qu'il voulait avoir une relation avec lui, mais… le doute flottait, toujours là, une noirceur planant à l'arrière de son esprit.

Mais Ondrej lui enserra le pénis et le chevaucha de toutes ses forces.

Archie tombait amoureux d'Ondrej d'une manière qui lui semblait magnifique, profonde et différente de tout ce qu'il avait éprouvé auparavant – et si Ondrej n'avait pas les mêmes sentiments, il n'était pas sûr de ce qu'il ferait.

Pour l'instant, il était déterminé à savourer ce moment.

Il repoussa Ondrej et le fit rouler sur le côté. Celui-ci grogna et étira son long corps.

— J'ai besoin de toi, Archie.

Ondrej avait un tatouage sur le côté gauche, une vigne noire avec des petites fleurs, qui remontait de sa hanche à son aisselle. Il était frappant contre sa peau mate. Archie le suivit de la langue, posa ses lèvres dessus et mit ses mains sur le dos et le ventre d'Ondrej. Celui-ci eut un murmure appréciateur.

— Tu es si beau, dit Archie, le mettant sur le dos.

Il plana au-dessus d'Ondrej et l'embrassa profondément alors que celui-ci levait les jambes. Archie retrouva sa place, à l'intérieur de lui, dans ses bras.

— Archie, je…

Celui-ci baissa les yeux et croisa son regard. Ils se fixèrent pendant un long moment. Ondrej avait de petits points dorés dans ses yeux qu'il n'avait pas remarqués avant, il avait de légères taches de rousseur sur le nez, qui n'étaient vraiment visibles que lorsqu'il rougissait, il avait une expression sur le visage qui révélait qu'il ne tenait bon que du bout des doigts.

Archie continua à lui donner des coups de hanches, la friction tirant quelque chose de son corps, le poussant en avant. Tout à l'intérieur de lui hurlait, attendant cette libération, se précipitant vers elle.

Mais il devait savoir ce qu'Ondrej était sur le point de dire.

Cependant, il rata cette opportunité. Ondrej gémit : « Archie », puis il enfonça ses ongles dans les omoplates de celui-ci. Il rejeta la tête en arrière et cria de plaisir en éjaculant sur son ventre.

Le monde entier d'Archie devint blanc de plaisir brûlant alors qu'il se répandait dans Ondrej, et il le saisit lorsqu'il grogna et jouit.

Il enfonça son visage dans le creux de son cou alors que les choses autour d'eux se calmaient, et il regretta un peu que ce soit arrivé aussi vite, qu'il n'ait pas pu savoir ce qu'Ondrej avait été sur le point d'exprimer, parce que cela lui semblait important.

— Incroyable, murmura Ondrej en lui caressant les cheveux.

Et parce que ça l'était, Archie ne dit mot et se blottit contre sa peau.

QUELQUE chose ne semblait toujours pas aller chez Archie, comme s'il se retenait encore, mais il était difficile de mettre le doigt sur ce qui pouvait se passer étant donné qu'ils venaient de faire l'amour passionnément, étaient en sueur, et qu'il s'accrochait actuellement à Ondrej comme s'il avait peur que celui-ci s'envole.

Ondrej avait soif, mais il n'osait pas se lever.

Ce moment de sexe avait été incroyable, mais Ondrej se sentait plus que repu. Ce n'était même pas le fait de vouloir sortir avec Archie, même s'il en avait envie. Le mariage mis à part, ils faisaient plus que sortir ensemble. Mais Ondrej n'avait aucun moyen de décrire ou de quantifier ça. Il sentait l'émotion et l'intimité entre eux, oui. Mais il ressentait davantage aussi.

Ondrej se déplaça, pressant son dos contre le thorax d'Archie. Sa texture, les poils de son torse et sa peau lisse lui chatouillaient les épaules, mais Ondrej désirait ce chatouillement, voulait sentir Archie tout contre lui. Celui-ci murmura et resserra sa prise, comme si c'était possible, enroula complètement les bras autour d'Ondrej et murmura n'importe quoi contre son épaule.

— Magnifique, disait Archie, encore et encore.

Ondrej soupira et s'immergea dans son état de bien-être, le savourant, et se demanda si cela serait toujours aussi bon.

Il voulait dire quelque chose, mais il ne savait pas comment.

— Je veux que tu saches, dit Archie en épargnant à Ondrej de devoir remplir le silence, que je ne prends pas ça à la légère.

— Qu'est-ce que tu veux dire ? demanda Ondrej, même s'il le savait.

— Ce soir, tu as fait quelque chose de romantique et la soirée a été parfaite. C'est fondamental. Maintenant, ça ? dit Archie en le serrant à nouveau. Ça semble important. J'aime à penser que ce n'est pas éphémère ou temporaire.

— Ça ne l'est pas.

Archie prit une profonde inspiration, faisant voler les cheveux d'Ondrej.

— Cartes sur table, d'accord ?

Sentant qu'il allait dire quelque chose qu'il n'apprécierait pas, Ondrej s'extirpa de ses bras et se retourna. Il se réinstalla sur le lit et posa une main sur la hanche d'Archie pour lui montrer qu'il ne fuyait pas, mais qu'il voulait juste voir son visage.

— Qu'y a-t-il ?

— Tu voulais de l'honnêteté, alors la voilà. J'ai été attiré par toi depuis l'instant où j'ai posé les yeux sur toi. La première fois que je t'ai vu, j'ai pensé que c'était vraiment le moment pour moi. Je voulais apprendre à te connaître. La seule raison pour laquelle j'étais d'accord avec cette proposition était que je pensais que tu étais superbe. Je veux dire, Marketa a beaucoup aidé, a joué avec nous comme avec des violons, je pense, mais j'ai suivi parce que je songeais qu'il pourrait y avoir une chance que nous finissions comme ça.

Ondrej laissa cela le submerger. Ne voulant pas encore s'abandonner complètement, il dit :

— C'était un sacré paquet de problèmes à traverser juste pour s'envoyer en l'air.

Archie se mit à rire et se frotta le front avec le bas de la main en se laissant rouler sur le dos.

— Je sais. C'est tellement stupide. Je veux dire, j'avais aussi besoin d'argent, évidemment. Mais dès le moment où tu as consenti à ce mariage, j'ai espéré que peut-être quelque chose pourrait se passer entre nous. Mais si je suis honnête, je pensais que ce ne serait que pour le sexe, et aussi parce que je n'ai pas l'occasion de coucher avec des hommes qui te ressemblent très souvent.

Ondrej posa sa tête sur un coude.

— Juste du sexe ? Parce que je pensais que tu voulais plus que ça.

Archie leva les yeux au ciel.

— Beurk, je m'y prends à l'envers. Ce que j'essaie de dire, c'est que depuis des semaines maintenant – des mois, peut-être – je veux coucher avec toi, et depuis que tu as emménagé dans la maison, j'avais cet espoir que tu le voudrais aussi. C'est comme ça que ça a commencé pour moi. Mais tu ne semblais pas intéressé, je me suis donc en quelque sorte résigné, il n'en résulterait rien. Ça m'allait, tu sais, je pouvais gérer d'être ton ami et t'aider jusqu'à ce que tu obtiennes ta carte verte. Ce serait comme être assis dans une pièce avec un gâteau au chocolat et se faire dire qu'on ne peut pas en avoir, mais j'aurais pu le faire.

Tout tournait à l'intérieur d'Ondrej. Incapable de formuler une réponse ou même d'interpréter exactement quel était l'intérêt de tout ça, il laissa échapper :

— Mais à la place nous avons baisé.

Archie poussa un brusque éclat de rire surpris.

— Ouais. Nous avons baisé. Beaucoup. Mais je n'arrive franchement pas à expliquer que le sexe est sans rapport, parce que je t'apprécie vraiment beaucoup, plus que je ne m'y attendais, et ce que j'ai découvert durant les deux dernières semaines, c'est que j'aime être avec toi. Ce n'est pas que sexuel. Il y a un lien réel entre nous, ou en tout cas je le pense. C'est pour ça que j'étais tellement réticent à pousser ça plus loin. Et c'est bien mieux que ce que j'imaginais, et je veux que ça continue, je veux que nous soyons ensemble. Mon cœur s'est envolé ce soir quand tu as fait ton geste romantique. Carrément envolé. Mais il y a toujours une partie de moi qui n'y croit pas, ce que je pense être mon mécanisme de défense contre la destruction totale de mon cœur. Parce que si tout ceci est encore une blague pour toi…

— Ça ne l'est pas.

Pas d'hésitation. Ondrej était impliqué, tout aussi sûrement qu'Archie.

— Je ne pourrais pas supporter que tu me brises le cœur puis que tu me quittes. Pas encore, en tout cas.

— Tu penses que je le ferai ?

— Tu penses que tu resteras ?

— J'en ai envie.

Mais même Ondrej devait admettre que même s'il tombait très amoureux d'Archie, le futur semblait toujours incertain. Il ne savait comment se passerait le reste de la semaine, il ne savait pas comment le reste du mois ou de l'année se passerait. Il ne savait pas si c'était juste une euphorie de courte durée alimentée par le sexe ou une émotion réelle qui lui donnait l'impression d'être si proche de lui.

— Cartes sur table, dit Ondrej.

— Oui.

Archie détourna les yeux.

— J'ai commencé en pensant à toi comme à un moyen de passer le temps. Genre, nous pourrions aussi bien baiser parce que nous sommes attirés l'un par l'autre et que nous sommes coincés tous les deux pendant aussi longtemps que le CIS fera traîner ma demande de carte verte.

— Oh.

Il tendit la main et glissa les doigts sous le menton d'Archie, poussant doucement jusqu'à lui faire face et que leurs regards se croisent. Ondrej continua :

— Mais cela a cessé d'être pour la carte verte il y a déjà quelque temps, je crois. Tu avais raison : j'aurais probablement pu obtenir un visa de travail si j'y avais consacré plus de temps, et ça nous aurait épargné beaucoup de drame et de paperasse. Mais ce n'est plus de ça qu'il s'agit. La raison de mon geste romantique de ce soir était de te prouver que j'ai de vrais sentiments pour toi et que je veux les explorer. (Il prit une profonde inspiration.) Je pense que nous hésitons maintenant parce que nous ne savons pas ce que l'avenir nous réserve, et peut-être que dans un an nous nous détesterons, mais pour l'instant, souhaitons que ce ne soit pas le cas. Soyons ensemble. Réellement.

Archie soupira et hocha la tête.

— Nous sommes déjà mariés.

Ondrej ne put s'empêcher de sourire.

— Nous avons donc fait ça à l'envers. Nous finirons par remettre ça à l'endroit à un moment, tu ne crois pas ?

— Je l'espère sincèrement.

N'appréciant pas la tristesse dans son expression, Ondrej se pencha pour l'embrasser. Archie pencha la tête et approfondit ce baiser en glissant sa langue dans la bouche d'Ondrej. Archie avait eu raison : cela semblait bien important. Le picotement s'étendant à travers son corps n'était pas que de l'excitation, c'était l'ardeur d'être avec cet homme en particulier. Parce que c'était excitant d'être avec Archie. Cette chose entre eux le rendait heureux.

— Je veux te rendre heureux, Archie, dit Ondrej, se rendant compte qu'il avait probablement été aussi solitaire que lui, piégé dans ce monde d'artifice sans aucune place pour être lui-même.

Lui avait au moins eu l'issue de secours de quitter sa maison pour venir ici, à New York, où il avait plein d'espace. Archie n'avait pas le même luxe.

— Ce sera peut-être impossible, dit Archie, mais je suis prêt à te laisser essayer.

— Bien, dit Ondrej en l'embrassant à nouveau. Tu n'es plus seul.

Archie pâlit.

— Comment as-tu…

— Chut, dit Ondrej, l'embrassant à nouveau, ne voulant plus parler.

ARCHIE resta longtemps éveillé après qu'Ondrej se fut endormi.

Il retournait ce qu'Ondrej avait dit. Tu n'es plus seul. Tu n'as pas à être seul.

Qu'Ondrej ait compris la solitude qu'il ne voulait jamais reconnaître disait probablement à quel point ils devenaient proches.

Il avait été sérieux dans ce qu'il avait dit. Il avait espéré du sexe et avait fini dans une relation avec un homme qu'il appréciait vraiment. C'était bien au-delà de ce à quoi il s'était attendu. Et il gardait l'espoir d'avoir un futur ensemble malgré le morceau de papier qui les liait légalement, parce qu'il ne pouvait pas compter sur ça, pas encore. Pas avant qu'il n'ait l'impression de pouvoir croire qu'Ondrej ne partirait pas une fois que la carte verte serait arrivée. Il croyait Ondrej, croyait qu'il était sincère dans ce qu'il avait dit, mais il y avait encore trop d'incertitude pour qu'il y investisse pleinement son cœur.

Mais ce soir, il avait eu un avant-goût de ce qui pourrait exister…

Ondrej ronflait légèrement. Il y avait de l'intimité dans cela aussi, lui qui dormait paisiblement dans le lit auprès d'Archie. Ce dernier tendit la main et passa légèrement ses doigts le long du bras d'Ondrej. Celui-ci remua mais ne se réveilla pas, Archie retira donc sa main et ferma les yeux.

Pouvaient-ils faire ça ? Pourraient-ils être ensemble comme un vrai couple, ou avaient-ils passé trop de temps tous les deux à commettre une imposture ? Est-ce que faire semblant que tout allait bien était trop une habitude pour qu'Archie la brise ? Et est-ce que tout s'effondrerait s'il puisait dans ce qu'il ressentait vraiment ?

Il ne savait pas, et il n'aimait pas l'incertitude. Tout était incertain, de la question du paiement des salaires dans trois mois jusqu'à son futur avec Ondrej, et il devenait fou de ne pas savoir comment les choses se passeraient.

Mais si ce qu'Ondrej avait dit était vrai, si Archie avait un vrai partenaire et n'était plus seul, peut-être que les choses se passeraient bien. Si la société s'écroulait mais qu'il avait encore Ondrej, il survivrait.

Archie prit quelques profondes inspirations et tenta de croire qu'il pourrait avoir un vrai partenaire pour l'aider à traverser le futur incertain. Avec Ondrej à ses côtés, la pagaille à Katsaros Holdings semblait moins décourageante.

Et sur cette pensée, il s'endormit.

Chapitre Vingt

PASSER en revue les rapports des managers n'était pas la manière la plus stimulante de passer un après-midi, mais Ondrej devait reconnaître qu'Archie avait le mérite d'essayer de rendre ça amusant. Ils avaient pris le contrôle d'une salle de conférence pour pouvoir s'étaler sur la table. Archie avait préparé une cafetière et commandé un tas de cochonneries, que Marketa avait consciencieusement livrées une heure plus tôt. Ondrej mangeait une poignée de M&M's alors qu'il écrivait un autre nom sur la liste.

— C'est dur de ne pas se sentir comme un juge envoyant un homme à la potence, dit Archie.

— Ce n'est rien d'aussi dramatique. Nous renvoyons des employés qui ne font pas correctement leur travail. Bon sang, écoute ça, dit Ondrej en brandissant le rapport. C'est au sujet d'un des gars à la publicité. « Joe est systématiquement en retard d'une demi-heure ou d'une heure, même si on lui a dit de manière répétée que sa journée doit commencer à 9 heures précises. Il part souvent en avance également. Quand il est vraiment au bureau, il est lent, prenant deux ou trois fois plus de temps pour terminer un projet que tous les autres dans le département ». C'est un salarié, son relâchement te coûte donc de l'argent. Le manager veut le licencier depuis un moment mais ne pensait pas en avoir l'autorité. Il mentionne en bas du rapport que ce Joe travaille si peu que ce qu'il fait peut facilement être réparti entre les autres personnes du même service.

— Donc je devrais le licencier.

— Oui. Enfin, ce gars devrait être viré. Mais j'ai environ une douzaine de personnes sur cette liste que nous pourrions licencier aussi. Rien qu'éliminer leur salaire ramène presque un million de dollars par an dans tes caisses. C'est sans parler de la subvention de leurs bonus.

— Oui.

Archie hocha lentement la tête.

— Écoute, le meilleur moyen d'économiser de l'argent est d'être efficace. Cela signifie de se débarrasser du poids mort. Tu licencies des employés qui ne méritent pas leurs salaires, élimines des départements qui ne font rien, réduis des dépenses inutiles. Je sais que tu veux vraiment ce projet de stade, mais franchement, tu ne peux pas te le permettre à moins de faire des changements.

Archie ne fit que hocher la tête.

— Tu ne condamnes en fait personne à mort, dit Ondrej. Ces gens ont une expérience de travail solide dans une société respectée qu'ils pourront utiliser pour soutenir leur CV. L'économie dans cette ville s'est transformée durant les deux dernières années. Ces personnes trouveront du travail. Et si ce n'est pas le cas, elles apprendront que tirer au flanc a des conséquences et elles progresseront.

— C'est sévère.

— C'est réaliste.

Archie soupira.

— Tu penses vraiment que nous pourrons contrer Dan ? Il veut toujours vendre un gros paquet de mes actifs. Si le conseil se range de son côté, je suis fini.

— Je sais. Dan complique les choses. Cela signifie que le conseil doit trouver ta proposition plus persuasive. J'ai été convaincu après la réunion qu'en général, le conseil est de ton côté et veut maintenir Katsaros. Dan espère une grosse rétribution de Cochrane qu'il cherche à obtenir en lui vendant tes propriétés pour pouvoir prendre sa retraite et déménager sous les cocotiers ou je ne sais quoi d'autre. Mais si tu peux démontrer que mettre en ordre les inefficacités ici et vendre quelques propriétés sera une stratégie payante sur le long terme, tu convaincras le conseil.

Archie hocha la tête et retourna à sa lecture des rapports.

Ondrej passa donc la demi-heure suivante à chercher un plan et à prendre des notes pour faire tourner Katsaros plus efficacement. Il pensait toujours que le projet du stade était un trou noir financier, mais Ondrej savait qu'il lui tenait à cœur. Donc, une fois qu'il eut un semblant de plan, il le lui passa.

— Avec la mise en garde que tu pourrais facilement faire couler l'entreprise si la moindre partie du stade dépasse le budget, voilà comment je pense que tu pourras mieux faire fonctionner la société.

Ce n'était pas un plan très élaboré. Ondrej voulait combiner deux départements, se débarrasser d'environ quinze personnes, et commencer à devenir plus strict dans l'approbation des notes de frais et des demandes d'équipement. Il était certain qu'il trouverait toutes sortes de demandes inutiles s'il passait en revue les dossiers aux comptes fournisseurs : des repas remboursés pour des employés qui ne menaient pas vraiment des affaires pour la société, des vols onéreux quand un à bon marché ou un trajet en train était disponible, des surclassements payés par la société, et probablement des milliers de dollars en stylos, papier et autres fournitures de bureau qui partaient avec les employés chaque jour.

Archie passa quelques minutes à l'examiner, ce qui encouragea Ondrej à penser qu'il le prenait au sérieux.

— Tu sais, j'ai un MBA d'une prestigieuse école de commerce et j'ai grandi en travaillant dans ces bureaux, mais je pense que tu as un meilleur sens des affaires que moi.

Ondrej éclata brusquement de rire, surpris par le compliment.

— Non.

— Je suis sérieux. Ou tu es plus courageux. Je n'ai pas voulu changer quoi que ce soit, mais tu as entièrement raison qu'il y a toutes sortes d'inefficacités dans cette société qui pourraient être mises en ordre. Même rien que de serrer la vis sur ce que les gens sont autorisés à se faire rembourser pourrait me faire économiser des milliers de dollars.

— Je vais être franc, dit Ondrej. J'ai parlé à Amy et à quelques-uns des autres managers, et la conclusion est que tes employés avaient peur de ton père mais n'avaient pas beaucoup de respect pour lui.

Et la manière dont tu parcours parfois à toute vitesse le bureau, en singeant ton père ? Cela fait penser à tout le monde que tu es exactement pareil. Mais c'est faux.

Archie se hérissa.

— Je te dis ça comme un compliment, dit Ondrej en marquant une pause pour réfléchir au meilleur moyen d'exprimer ses pensées. Laisse-moi te présenter ça comme ça. Si un conseiller commercial respecté – pas moi, mais quelqu'un avec de vraies références – avait recommandé à ton père de licencier vingt employés pour le bien de la société, aurait-il hésité seulement ?

Archie soupira.

— Non. Probablement pas. Il était connu pour virer les gens sur place si seulement ils le regardaient d'une manière qu'il n'appréciait pas.

— Oui. C'était la terreur. Toi, tu ne veux pas que tes employés aient peur de toi, sinon ils ne voudront plus travailler pour toi. Les bons en auront marre et trouveront de meilleurs emplois. À la place, tu veux inspirer les gens. Tu veux montrer que tu es talentueux. Et je pense même qu'envoyer simplement le message que le gars qui ne travaille que six heures par jour sera viré, alors que le gars qui fait des heures supplémentaires sera récompensé par de meilleurs projets et des promotions, ce serait mieux. Les employés verront alors qu'on se sépare du flemmard à qui ils en voulaient, parce qu'il n'était pas inquiété en tirant au flanc sur le temps de travail, alors que leur dur labeur est respecté et sera récompensé.

Archie hocha la tête.

— Tu as raison.

Ondrej fut surpris qu'il cède si facilement. Il choisit de continuer.

— Je pense qu'une approche plus gentille et plus douce sera plus efficace. Montre aux employés – bon sang, montre au monde – que tu n'es pas ton père. Tu fais des affaires différemment. Tu fais des affaires de manière moderne. Toi, Archimède Katsaros, fais mieux des affaires.

Archie se déroba. Il ouvrit la bouche plusieurs fois comme pour parler mais sembla se raviser. Puis il s'affaissa sur son siège.

— Tu en es sûr ?

— Oui. Absolument. Je sais que tu aimais ton père et le tenais en haute estime, que tu le devais. C'était ton père. Mais il est également l'homme qui a mis la société dans le pétrin que tu essaies actuellement de nettoyer. Je ne sais pas ce qui l'a causé – s'il a pris quelques mauvaises décisions, ou s'il n'a pas réussi à s'adapter à l'économie changeante, ou s'il n'avait pas assez de supervision, ou même s'il n'a jamais été un businessman aussi avisé qu'il le faisait croire – mais quelque chose est allé de travers à un moment donné.

Archie hocha la tête. Ses yeux étaient écarquillés et il regardait fixement dans le vague un endroit sur la table.

— Je sais. Je sais tout ça, dit-il en clignant des yeux plusieurs fois avant de regarder Ondrej. Mais je ne cesse de tomber dans ce piège où je ne suis pas sûr que ma façon de faire est en fait meilleure. Et je ne peux pas risquer de laisser s'écrouler tout ce qu'il a construit juste parce qu'il a fait quelques mauvais choix vers la fin de sa vie.

— Alors ne la laisse pas s'écrouler.

— Facile à dire pour toi.

Ondrej tendit le bras et lui prit la main. Il la serra doucement.

— Je t'aiderai. Nous travaillerons ensemble pour résoudre ça.

Archie fronça les sourcils mais croisa son regard.

— Tu es sûr de le vouloir ?

— Nous sommes une équipe, que ça te plaise ou non. Tu m'as donné un bureau, tu te souviens ? Tu m'as dit que tu pensais que j'avais un bon sens des affaires. Alors laisse-moi l'utiliser, dit Ondrej avec un sourire. Regardons les choses en face. Que je reste assis à la maison n'apportait rien de bien pour personne. Je m'ennuyais et me sentais découragé. Cela me donnera au moins quelque chose à faire toute la journée. Un but.

— Je suppose que oui.

Mais Archie ne semblait pas convaincu.

Alors Ondrej se rapprocha et lui prit l'autre main.

— Il s'avère également que j'aime travailler avec toi. Si nous continuons comme ça, nous pourrions même faire une bonne équipe. Ici et à la maison.

Archie regarda leurs mains jointes puis leva les yeux vers lui. Il prit une profonde inspiration.

— D'accord. Nous allons le faire.

— Bien.

Archie sourit lentement.

— Devrions-nous nous serrer la main ? Signer un contrat ?

— Oui, probablement, dit Ondrej en se penchant en avant. Mais nous pouvons aussi le sceller par un baiser.

Le pli sur le front d'Archie s'estompa enfin. Il sourit légèrement et embrassa Ondrej.

C'était un soulagement, d'une certaine manière, d'avoir ça, de pouvoir s'embrasser et d'être affectueux l'un avec l'autre et que cette affection soit sincère au lieu d'un faux-semblant. Tout ça était banal et sa réplique un peu niaise, mais elle fit battre son cœur à un rythme vertigineux. Archie ronronna, faisant vibrer les lèvres d'Ondrej, qui approfondit donc leur baiser en l'attirant davantage vers lui.

Ondrej entendit un grincement sur sa gauche et se tourna à temps pour voir Stephen, le chef comptable, trébucher à la porte.

— Oh ! Je suis désolé de vous interrompre.

Archie se mit à rire et s'écarta avec douceur d'Ondrej. Il lui fit un clin d'œil avant de se tourner vers Stephen.

— Inutile de vous excuser. Nous devrions travailler au lieu de nous bécoter. De quoi avez-vous besoin ?

— Marketa a dit que vous étiez là. Je voulais juste vous poser quelques questions sur le bâtiment dans la Quatre-Vingt-Septième Rue. Il y a des divergences dans le rapport de location, et je…

— Nous terminions, dit Ondrej.

— Oui, dit Archie. Laissez-moi juste ranger ici, et je vous retrouve dans mon bureau dans cinq minutes. D'accord ?

Stephen hocha la tête et s'éloigna.

Ondrej était presque content qu'ils aient été surpris. Stephen raconterait probablement ça comme une histoire embarrassante à quelqu'un au bureau, qu'il était tombé sur le patron et son mari qui s'embrassaient dans une salle de conférence, rendant ainsi clair aux employés de Katsaros que leur relation était réelle. Cela conférait une légitimité à leur union. Ils avaient été surpris, ce qui n'avait été possible que parce qu'il y avait quelque chose qu'on pouvait les surprendre à faire.

Ondrej sourit pour lui-même. La chaleur s'étendit dans tout son torse alors qu'il regardait son mari.

— Je vais essayer ton approche plus douce et plus gentille parce que je suis d'accord que c'est probablement une bonne idée, dit Archie, rassemblant les rapports éparpillés. Mais tu te rends compte que la plupart des employés vont t'attribuer le mérite de m'avoir adouci.

Ondrej sourit.

— Ça me va.

— Juste pour que cela soit clair, ce n'est pas vrai.

— Non, je sais. Tu as toujours été un marshmallow.

Archie plissa les yeux vers lui. Puis il se mit à rire, saisit la pile de rapports et quitta la pièce.

PLUS tard dans la semaine, alors qu'il sortait du métro et qu'il rentrait à pieds, Archie dépassa un vendeur de rue qui vendait des fleurs. Il n'aurait pas pu dire ce qui le frappa, mais un bouquet de gerberas particulièrement coloré attira son regard. Il les acheta pour les ramener à la maison, avec l'intention de les offrir à Ondrej.

Quand il fut à environ un bloc de la maison, il se rendit compte qu'il ne savait même pas si Ondrej aimait les marguerites. Il lui avait acheté des fleurs lors de la nuit de leur grand rendez-vous, mais est-ce que lui aimait en recevoir ?

Archie n'aimait pas ces écueils de manque d'assurance. Ils avaient fait tellement de progrès dans leur relation, et il avait l'impression qu'ils partageaient quelque chose de réel maintenant, et ça lui plaisait, il avait l'impression que ça avait un vrai potentiel. Cette chose tangible qu'ils construisaient était bien mieux que ses plus belles élucubrations sur à quoi ressemblerait la vie conjugale.

Mais il était dur de se débarrasser de la sensation que c'était toujours une arnaque.

Le temps qu'il arrive à la porte, il avait décidé que si Ondrej n'aimait pas les fleurs, il les garderait pour lui-même. Peut-être qu'il les mettrait dans un vase dans son bureau. Cette pièce avait certainement besoin de couleur.

Ainsi décidé, il entra.

Quand il appela Ondrej, celui-ci passa la tête dans le vestibule.

— Oh, bienvenue à la maison ! Euh, ne sois pas alarmé, mais j'ai mis la pagaille dans la cuisine.

— Pourquoi ?

— Eh bien, je prépare le dîner. Une des vieilles recettes de ma grand-mère. Je suppose que je n'ai jamais complètement maîtrisé l'art de ne pas mettre de la nourriture partout quand je cuisine. Ça me semble avoir bon goût.

— Je ne savais pas que tu cuisinais.

Ondrej sourit.

— J'ai de nombreux talents cachés.

— Si le repas est bon, je t'aiderai à nettoyer après le dîner.

— Marché conclu.

Ondrej se retourna.

— Hé, attends ! lança Archie.

— Quoi ? Je dois surveiller le repas.

— Je t'ai pris des fleurs.

Archie se prépara mentalement à sa réaction. Les fleurs étaient toujours un sujet délicat avec des amants. Certains pensaient que les fleurs ça faisait trop féminin, quelques-uns n'avaient pas de problème avec, quelques autres étaient allergiques, et les derniers ne les aimaient simplement pas.

Mais le visage d'Ondrej sembla fondre.

— Oh, Archie. Elles sont magnifiques. Merci.

Archie ne put rien faire d'autre que soupirer joyeusement.

Ondrej prit les fleurs et tint le bouquet près de son torse avant de tourner les talons et de retourner à la cuisine.

Archie le suivit, et quand il y entra, Ondrej lui dit :

— Rends-toi utile et trouve-moi un vase.

Ondrej avait raison : il avait mis la pagaille dans la cuisine. L'évier était plein de casseroles et de bols, il y avait des traînées de Dieu savait quoi sur le plan de travail, et quelque chose avait été renversé sur la cuisinière. Ondrej lui tendit les fleurs pour qu'il les reprenne, ce qu'il fit avant de sortir un des grands vases en verre d'un des placards. Il y versa un peu d'eau et le plaça sur la table. Puis il enleva l'emballage en plastique des fleurs et les déposa dedans.

Ondrej sortit une cocotte du four et la plaça sur un dessous-de-plat sur le plan de travail. Il se dirigea ensuite vers Archie, passa un bras autour de lui, se positionnant derrière, et posa le menton sur son épaule.

— Elles sont vraiment jolies, dit Ondrej. J'apprécie le geste. Merci.

Archie lui frotta le bras, soulagé qu'elles lui plaisent.

— Merci pour le dîner.

— Ne me remercie pas encore. Tu ne l'as pas encore mangé.

Mais Ondrej n'avait pas besoin de s'inquiéter. Il avait préparé des champignons farcis cuits au four, servis avec des boulettes de pommes de terre et du chou, accompagnés d'une légère sauce à la viande. Tout était délicieux.

— Nous n'avions pas toujours de viande disponible quand j'étais enfant, je me suis donc habitué à manger végétarien. Ma grand-mère, même après qu'elle a déménagé en France, avait tendance à préférer une alimentation plus légère de toute façon, rien de trop riche ou de trop lourd. C'est ce que j'ai donc appris à cuisiner.

— C'est vraiment bon, dit Archie, la bouche pleine.

Ondrej se mit à rire.

— Je suis content que tu le penses. Peut-être que la prochaine fois, j'achèterai de la viande et ferai des plats traditionnels dans le style de Prague. Du goulash ou de la saucisse à la bière ou autre chose.

— Je ne sais même pas ce qu'est le goulash.

Ondrej exprima sa désapprobation.

— Stupide Américain, dit-il en souriant. C'est un ragoût, habituellement fait avec du bœuf ou du porc. Enfin, ma grand-mère avait l'habitude d'en faire une version végétarienne avec des pommes de terre, mais traditionnellement, c'est de la viande et des épices. Et, je dois te signaler que les Hongrois ont aussi un plat qu'ils appellent goulash, mais c'est davantage une soupe. La version Tchèque est plus consistante.

— Bon à savoir.

— Je n'en ai pas mangé depuis que j'ai emménagé ici, dit Ondrej, le regard au loin. Ah, j'ai le mal du pays. Que dis-tu de ça ? Je ne croyais pas que quoi que ce soit me manquerait de Prague, mais apparemment la nourriture si. Il y a tellement de bons restaurants là-bas maintenant, à défaut d'autre chose. Je trouvais toujours quelque chose de bon à manger.

— Peut-être que tu pourras m'y emmener un jour.

— Peut-être. Après que ma mère se sera calmée.

Archie repensa à cet instant dans la salle de séjour après qu'Ondrej eut appelé chez lui.

— Ne savait-elle pas que tu es gay ? Avant que tu ne lui aies annoncé que tu m'avais épousé, je veux dire.

— Si. Elle a choisi d'ignorer ce fait. Maintenant que je suis marié, elle ne le peut plus. Enfin, elle peut du moment que je suis ici et qu'elle est à Prague, mais pas si je te présente. (Ondrej poussa un soupir.) J'appréhende ça, pour être honnête.

— Je vois pourquoi.

— Elle n'est pas si mauvaise. Juste pas la personne à l'esprit le plus ouvert que tu aies jamais rencontrée.

— Eh bien, il n'y a pas le feu. Mais peut-être que l'année prochaine, quand je pourrai prendre un congé, nous pourrons voyager quelque part.

— Attendons, il faut que j'obtienne ma carte verte. Ils la font traîner, tu te souviens ? Je ne veux rien faire qui la mettrait en péril.

— Le mariage n'est plus un mensonge, n'est-ce pas ?

Encore une fois, Archie se prépara mentalement à sa réponse. Il ignorait pourquoi il hésitait encore, pourquoi il doutait encore d'Ondrej, mais leur relation semblait encore instable.

Mais celui-ci sourit.

— Ce n'est pas un mensonge.

Chapitre Vingt-et-Un

ARCHIE se sentait léger après le week-end et il se rendit au bureau le lundi matin avec détermination et optimisme. Peut-être que sa société allait couler, mais il était déterminé à faire tout ce qui était en son pouvoir pour empêcher ça, ne serait-ce que pour Ondrej et lui, pour qu'ils puissent construire une belle vie ensemble. Il n'aimait pas que le futur soit aussi incertain, mais ce matin-là, il n'avait plus cette sensation inquiétante et paniquée qui le tourmentait depuis des mois.

Marketa se leva lorsqu'il passa près de son bureau. Elle le suivit dans le sien.

— Bonjour, dit-il, un peu angoissé. Qu'est-ce…

— Le bureau du maire a téléphoné. Tu ferais mieux de le rappeler immédiatement.

— Le bureau du maire ? Que diable…

— Le correspondant était un certain M. Leonard. Il n'a pas spécifié la raison de son appel, mais j'en ai déduit que cela concernait le projet de stade des Eagles.

La sensation de panique revint soudain de plus belle. Il s'assit sur son siège, son estomac grognant.

— Très bien. Donne-moi le numéro.

Quand il le composa, il retint son souffle alors qu'il attendait qu'on décroche. Richard Leonard présidait la Direction de la Construction, et rien qu'un pouce baissé de sa part pouvait torpiller le projet entier. Quand il l'eut en ligne et qu'Archie se fut présenté, Leonard lui dit :

— Content d'avoir de vos nouvelles, M. Katsaros. J'ai cru comprendre que votre entreprise s'intéresse au développement d'un nouveau stade des Eagles à Brooklyn.

— Oui, monsieur.

— Je veux vous dire, essentiellement, que le maire soutient le projet et veut être celui qui présidera sur le bâtiment d'un nouveau stade qui sera très apprécié. Parce que, soyons réalistes, le stade actuel des Eagles est un vrai désastre.

— Oui.

Archie n'était même pas vraiment un fan de base-ball – il pouvait compter sur les doigts d'une main le nombre de fois où il s'était rendu à l'actuel stade des Eagles – mais des histoires sur son état de délabrement circulaient depuis des années. Quand l'idée d'un nouveau stade avait d'abord été émise à Archie, c'était en sachant que la dégradation du vieux stade était si grave qu'il ne valait pas la peine d'être réparé. Il valait mieux le raser et recommencer.

— Je soutiens aussi le projet. Je suis prêt à intervenir pour vous, Archie. La ville n'a pas beaucoup d'argent à mettre dans le projet, mais nous avons été contactés par un certain nombre de bailleurs de fonds, et il y a la question de la vente des droits d'appellation au stade. Si vous pouvez trouver un moyen de le financer sans faire de gâchis, vous aurez le soutien complet de la ville.

C'étaient de bonnes nouvelles. Archie avait espéré recevoir une subvention de la ville, mais il avait pensé qu'une somme substantielle serait trop en demander.

— Oui. J'ai un architecte en tête, et bien sûr les droits d'appellation étaient une chose que j'avais considérée. Quant aux bailleurs de fonds, j'avais supposé que…

Leonard l'interrompit pour débiter les noms des sociétés qui étaient intéressées, surtout des banques, plus un opérateur de téléphonie portable majeur et une brasserie à Long Island. Archie trouvait la perspective de négocier ces contrats inquiétante parce qu'ils impliquaient tellement d'opacité éthique. Est-ce qu'accepter de l'argent de cette brasserie les engagerait à ne vendre que leur bière hors de prix dans le stade ? Était-ce son problème ou celui de l'organisation des Eagles ? Et si trop de sociétés privées se retrouvaient impliquées, est-ce qu'accéder à leurs exigences pousserait le projet à dépasser le budget ? Parce que cela ne serait pas possible sans le mettre en faillite.

Mais les grands noms impliqués étaient aussi une cause de soulagement, parce que s'il rassemblait suffisamment de bailleurs de fonds, cela pourrait bien fonctionner.

— Ça a l'air génial, dit Archie. Je serais heureux de travailler avec ceux que la ville approuve.

— J'aimerais que vous veniez à une réunion avec certains des représentants de quelques-unes de ces sociétés. Je peux la planifier pour jeudi matin. Est-ce que ça pourrait fonctionner ?

— Ça a l'air génial.

Ils convinrent rapidement des détails, et alors qu'ils parlaient, c'était comme si quelqu'un construisait des piliers sous Archie. Il voulait tellement réussir ce projet qu'il pouvait le toucher, et s'entendre dire qu'il était soutenu lui donnait l'impression que c'était davantage une réalité et moins une illusion.

Quand il raccrocha, la première personne qu'il appela fut Ondrej, qu'il avait laissé se prélasser sur le lit ce matin. Il avait dû l'y surprendre encore là, parce qu'il répondit d'un ton endormi.

— Nous avons le soutien du bureau du maire, laissa échapper Archie.

— Quoi ?

— Pour le projet du stade. J'ai une réunion jeudi avec des dirigeants municipaux et les représentants d'un certain nombre de bailleurs de fonds potentiels. Je suis prêt à me mettre au travail pour gérer la logistique si je ne dois pas investir autant d'argent que nous l'avions prévu à l'origine.

— Ralentis, Archie. Je viens de me réveiller. Dis-moi ce qui se passe.

Il relata donc ce que M. Leonard lui avait dit et lista les bailleurs potentiels. Il était clair qu'Ondrej n'avait entendu parler que d'environ la moitié des sociétés qu'il lui cita, et qu'il n'avait pas inséré les droits d'appellation dans l'équation financière, mais Ondrej répondit :

— Eh bien, si ça fonctionne de la manière dont tu le veux ne serait-ce qu'avec la moitié des créanciers, tu pourrais bien faire décoller le projet après tout.

— Il y a encore beaucoup de choses à considérer.

Archie exprima toutes ses inquiétudes, tout, en commençant par savoir s'il voulait vraiment qu'une des banques qui avait été impliquée dans de la fraude hypothécaire investisse de l'argent dans ce projet ou si son nom ternirait sa réputation, en continuant par les sociétés d'aliments et de boissons qui voulaient sponsoriser le projet en échange de publicités illuminées géantes sur le JumboTron [8,] en terminant par trouver à quelle banque ou société de téléphonie mobile il pourrait offrir les droits d'appellation.

Ondrej écouta silencieusement, murmurant occasionnellement en réponse à quelque chose qu'Archie disait. Quand ce dernier lui demanda son opinion, il lui répondit simplement :

— Tu penses enfin vraiment comme un businessman intelligent.

— Quoi ?

Cette affirmation prit Archie au dépourvu.

— Je sais que tu veux lancer ce projet. Je sais que tu veux le faire depuis un moment. Tu es tout excité quand tu en parles, tellement, que ton corps en vibre pratiquement. Cela te rendait irrationnel. Mais maintenant, tu penses intelligemment, tu prends tout en considération.

Ondrej marqua une pause puis ajouta :

— Je pense que tu vas bien t'en sortir à cette réunion, pour ce que ça vaut.

— Ouais ?

— Oui. Tu poses les bonnes questions.

Cela comptait beaucoup pour Archie qu'il le pense.

---

8 Large écran de télévision habituellement utilisé dans les stades ou les salles de concert pour afficher des gros plans.

— Je t'aurais emmené avec moi à la réunion si je ne pensais pas que ça aurait l'air bizarre.

Ondrej se mit à rire.

— Quoi, amener ton mari à une réunion d'affaires ?

— Tu es quasiment un partenaire là-dedans, tu sais.

— C'est ta société, Archie, vraiment.

— Je sais, mais tu y as déjà investi beaucoup de temps et d'argent.

Il aurait souhaité pouvoir voir le visage d'Ondrej. Il s'imagina qu'il se prélassait encore sur le grand lit – leur lit maintenant – étendu et nu, prenant autant de place que possible. C'était une belle image, qui fit se répandre de la chaleur dans son corps.

Ondrej déclara :

— J'aime l'idée d'être ton partenaire. Je ne sais pas jusqu'à quel point je veux être impliqué directement dans la société, mais je suis content que tu partages ce qui s'y passe avec moi. C'était il y a combien de temps, cet appel avec M. Leonard ?

— Environ trente secondes avant que je t'appelle.

Ondrej se remit à rire et cela résonna à travers le téléphone.

— Tu es incroyable, tu le sais ? Est-ce que tu vas exposer ça devant le conseil de Katsaros ?

— Après la réunion à l'hôtel de ville. Je veux avoir quelque chose de plus concret à leur montrer avant.

— Bon plan. Je vais te dire. Je n'irai pas avec toi à la réunion, mais je suis dans le coin si tu veux me soumettre quelque chose.

— Je pourrais te prendre au mot. Surtout mercredi soir quand je paniquerai en me disant que tout le monde va penser que je suis un idiot et retirer leur soutien au projet.

— Ils ne penseront pas ça.

Ondrej parlait avec tant d'assurance qu'Archie pouvait pratiquement entendre le point à la fin de cette phrase.

— C'est bien que tu le penses, mais…

— Tu es moins gauche que tu le crois. Tu peux être tout à fait charmant quand tu veux. Je pense qu'il pourrait bien y avoir quelque chose de ton père en toi, après tout.

Archie doutait que ce soit vrai, mais il savait également qu'Ondrej savait que c'était exactement le genre de compliment dont il avait besoin.

— Merci.

— Je suppose que je devrais sortir de ce lit, hein ?

— Tu n'es pas obligé. Supposons que je puisse me glisser hors d'ici à l'heure du déjeuner pour te tenir compagnie.

— Ça me plairait.

Alors que la conversation ralentissait, Archie découvrit qu'il était si heureux en lui parlant, qu'il voulait laisser échapper ce qu'il ressentait dans les profondeurs de son âme depuis qu'il avait composé le numéro de la maison pour passer cet appel : qu'il était totalement, complètement, éperdument amoureux d'Ondrej.

Mais peut-être qu'au téléphone ce n'était pas le meilleur moyen de l'exprimer.

— Je dois retourner au travail, mais j'essaierai de rentrer à la maison à l'heure du déjeuner.

— Tu n'es pas obligé si tu es occupé. Je te verrai ce soir. Je pense que je réussirai à me passer de toi jusque-là.

— Très bien, alors. Eh bien, à plus tard.

— Ouais. Enfin, Archie, je… non, peu importe. Je te verrai plus tard.

Archie sourit en raccrochant.

ONDREJ paressait encore au lit avec son ordinateur portable, appuyé sur un oreiller, lisant à moitié les infos et jouant à moitié à des casse-tête idiots, quand Archie entra à grands pas dans la pièce.

— Tu es rentré à la maison pour le déjeuner, en fin de compte, dit Ondrej, se redressant.

— Tu joues plutôt bien les mecs entretenus, dit Archie. Peut-être que je devrais installer la console de jeux à l'étage pour que tu n'aies même pas à te déplacer.

Ondrej sourit.

— Je dois bien quitter cette pièce à un moment, il faut bien que je mange, dit-il en refermant son ordinateur et en tapotant le lit à côté de lui. Honnêtement, je ne t'attendais pas.

— J'ai pensé à toi toute la matinée.

Ondrej trouva cela surprenant. Il venait de passer tout le week-end avec Archie – l'essentiel au lit, bien sûr, mais ils avaient aussi passé beaucoup de temps à juste parler – et il semblait impossible qu'ils ne puissent pas passer quelques heures séparés sans se languir l'un de l'autre. Et pourtant…

Archie s'assit sur le lit. Il récupéra l'ordinateur d'Ondrej et le plaça sur la table de chevet.

— Je voulais te dire quelque chose.

— Très bien.

Ondrej était soudain conscient du fait qu'il était nu sous les draps, mais qu'Archie portait un costume. C'était… plutôt sexy, en fait. Il ajusta les draps sur ses genoux, parce qu'Archie semblait sérieux et sa nudité semblait inappropriée.

— Je suppose que j'aurais pu te le dire par téléphone, mais il y a quelque chose de tellement minable et d'impersonnel là-dedans.

Il prit la main d'Ondrej et entrelaça leurs doigts.

— Qu'est-ce que c'est ?

Ondrej commença à s'interroger sur les possibilités. Archie avait sans doute passé la matinée à peaufiner le contrat du stade et à se monter la tête au sujet de la réunion à l'hôtel de ville. Ondrej avait encore des appréhensions sur le projet, mais même lui devait admettre qu'une injection de liquide venant d'un certain nombre de bailleurs de fonds prestigieux était un pas dans la bonne direction.

Mais quelque chose lui disait que le stade était actuellement loin de l'esprit d'Archie.

Celui-ci lui tenait la main dans les deux siennes et le regardait affectueusement.

— Je plaisantais tout à l'heure. Je ne pense pas vraiment que tu es faignant.

— Non, je sais.

Ondrej posa son autre main au-dessus de celles d'Archie.

— Je pense que tu es très intelligent, et je sais que tu pourrais faire n'importe quoi, si tu le décides, et j'apprécie toute ton aide pour la société. Je n'aurais pas pu traverser les deux derniers mois sans toi.

— Tu aurais pu.

— Et c'est une chose de plus. Je sais que tu n'avais pas beaucoup foi en moi quand tu m'as rencontré, mais maintenant si, et ça compte beaucoup pour moi.

— Archie…

— Laisse-moi juste te dire ça. Je… Je t'aime, Ondrej. C'est dingue, je sais. Je veux dire, je t'ai désiré dès le début, mais maintenant que nous en sommes arrivés à vraiment nous connaître, je le ressens profondément. Je t'aime. (Il se mit à rire, et le son était si plein de joie qu'il en coupa le souffle d'Ondrej.) Je voulais te le dire depuis que nous avons raccroché, j'ai donc dû rentrer à la maison pour te l'avouer en personne, parce que je… Je voulais que tu saches à quel point tu me rends heureux.

Le cœur d'Ondrej battait la chamade. Il leva les yeux vers Archie et croisa son regard.

— Je ressens la même chose, dit-il. Je t'aime aussi.

Avant même qu'Ondrej n'ait prononcé tous les mots, Archie bondit en avant et l'embrassa. Ce fut rapide et dur, une brève rencontre de leurs bouches mais si intense avant qu'Archie ne recule et ne dise :

— Mon Dieu, j'aimerais pouvoir rester et faire l'amour, mais je dois y retourner.

Ondrej souffrait de désir pour Archie, mais il comprenait que le travail l'appelait.

— Tu es vraiment rentré juste pour me dire que tu m'aimes ?

— Oui. Je le devais.

Ondrej découvrit qu'il comprenait cela.

— Je sais, je…

Puis il se mit à rire aussi.

— Je veux dire, qu'est-ce qui ne va pas chez nous, bon sang ? Nous avons fraudé quand nous nous sommes mariés, puis il a fallu que nous le rendions légitime en tombant amoureux.

— C'est dingue.

Archie l'embrassa à nouveau.

Chapitre Vingt-Deux

CETTE première réunion à l'hôtel de ville mena à une série d'entretiens au cours des semaines suivantes avec un certain nombre de bailleurs potentiels pour ce projet de stade. Chaque fois qu'une réunion se passait bien, Archie se sentait plus confiant, ce qui l'amenait à bien s'en sortir dans la suivante. Tout se mettait en place comme dans un rêve, Archie avait de la peine à y croire.

La première fois que sa vie personnelle fut évoquée, il était en rendez-vous avec un représentant d'une banque. Pendant des semaines, toute les discussions s'étaient limitées aux affaires en cours ou sinon à des banalités sur la météo. Mais quand Archie rencontra ce représentant du nom de Steve Sharp d'une des plus grandes banques du pays, Ondrej apparut enfin comme sujet de conversation.

— Je crois que nous nous sommes déjà rencontrés, dit Sharp. Mon épouse et moi avons assisté à une de ces épouvantables collectes de fonds que Marnie Knox organise. Cela devait être il y a quelques années. J'ai peur de ne même pas pouvoir me souvenir pour quoi elle collectait des fonds.

— Quand mon père était encore en vie ?

Beaucoup de ces événements se mélangeaient.

— Ou c'était à un Gala du Met, peut-être. Mais oui, quand votre père était encore en vie.

Archie était seulement allé à un Gala du Met, trois ans auparavant, quand il sortait en douce avec un créateur de mode qui travaillait pour Michael Kors.

— Possible, dit Archie.

Il avait l'impression qu'il devait avancer prudemment. Il ne révélait jamais beaucoup de choses sur lui dans ces réunions, surtout pas avec les grands banquiers, parce que le monde de la finance avait tendance à être plus conservateur, d'après son expérience.

— Alexander Katsaros était très agréable, si je me souviens bien. Un homme merveilleux. Je me rappelle qu'il était très charmant. Je vous présente toutes mes condoléances.

Les yeux d'Archie le brûlèrent soudain et il les cligna pour prévenir l'explosion surprenante d'émotions qu'il ressentit. C'était dans de pareils moments que son père lui manquait le plus, quand les conseils du patriarche Katsaros lui auraient été utile.

— Merci.

— Il y a un dîner au Metropolitan Club vendredi si ce genre de choses vous intéresse, dit Sharp alors que la réunion se terminait. Ce pourrait être une bonne opportunité pour faire du relationnel avec quelques autres investisseurs potentiels. Davis Morgan sera là sans aucun doute, et il recherche toujours des projets comme celui-là.

Davis Morgan était l'héritier d'une fortune fantastique, une des plus anciennes de New York. Archie et lui étaient allés en cours ensemble, il savait donc parfaitement qui il était. Obtenir de l'argent de Morgan pour le projet viendrait avec des conditions mais pourrait aussi l'aider à en convaincre d'autres d'investir.

— Est-ce un petit dîner ? demanda Archie.

Sharp haussa les épaules. Il faisait partie du monde social d'Archie d'une manière que celui-ci n'avait pas anticipé, il savait donc qu'à ces dîners il pouvait y avoir huit personnes ou cinq cents. C'était au Metropolitan Club, il pourrait y en avoir jusqu'à cinquante présentes.

— Je n'en suis pas sûr exactement. Mais je suis membre du club, donc je pourrais vous obtenir une invitation.

— Vous feriez ça ?

— Je vous apprécie, Archie. Vous m'avez surpris, d'une manière agréable. Je m'attendais à un gamin sorti de grandes écoles collet monté ou à quelqu'un de rusé comme votre père. Pas qu'il était faux, en soi. Je veux dire, je le connaissais un peu, mais pas très bien, mais il m'a toujours donné l'impression d'être le genre d'homme qui pouvait vous en mettre plein les yeux.

— Il l'était.

— Mais je dis juste que vous semblez très terre-à-terre, et je pense que vos plans pour le projet sont viables. Je recommanderais de diminuer quelques-uns de ces coûts, mais si ce projet se passe aussi bien que je le pense, nous serions heureux d'avoir nos noms dessus. Littéralement, dans ce cas.

— Merci, monsieur.

Il fallut qu'Archie se retienne de sauter de joie, mais il réussit à garder son calme parce qu'il savait ce qu'on attendait de lui ici.

— Oubliez le « monsieur ». Nous sommes amis maintenant. Donc, dîner vendredi. Venez avec votre femme.

Archie prit une profonde inspiration.

— Mon mari en fait.

Steve Sharp ne cilla même pas.

— Oui, votre mari. Je vous ferai envoyer une invitation à votre bureau.

ONDREJ s'habilla avec soin, ne voulant pas être assorti avec Archie mais ne voulant pas avoir l'air radicalement différent non plus.

— De quoi ai-je l'air ? demanda Archie, posant dans un costume gris avec une chemise rose clair.

— Très beau, répondit Ondrej.

Il se rapprocha de lui et lissa ses revers, passant les mains sur son torse peut-être plus que nécessaire.

— Je n'aime pas que ta cravate soit assortie à ta chemise, mais je suppose que c'est la mode.

— J'aime bien la tienne, dit Archie, tendant la main pour passer le doigt sur la cravate violette qu'Ondrej portait.

— Est-ce que je ressemble trop à un banquier ?

Archie se mit à rire et se pencha pour l'embrasser sur la joue.

— Non. Tout au contraire. Mais tout le monde à cette fête en aura probablement l'air.

— Rappelle-moi notre mission ?

— Nous allons travailler ensemble pour charmer Davis Morgan pour qu'il investisse dans le stade.

— Et vous êtes de vieux copains d'école ?

— Nous sommes allés à la même école, oui. Je ne dirais pas que nous étions copains. J'espère qu'il se souvient de moi, mais je suis peut-être trop optimiste.

— Très bien.

Ce n'était pas comme le grand gala de charité ou la fête de plaisance. Il n'y avait pas de grande entrée en descendant l'escalier ou de croisière sur un bateau de luxe. Cela semblait presque ordinaire en comparaison. Ils quittèrent la maison ensemble en se tenant la main et Archie héla un taxi jaune au lieu d'avoir prévu un chauffeur. Ils arrivèrent au Metropolitan Club sans fanfare et furent conduits dans une énorme salle à manger dans laquelle il y avait peut-être quarante personnes qui circulaient. C'était une foule plus intime, mais Ondrej pouvait sentir leur argent. Les femmes suintaient de diamants et de robes à tissus onéreux. Les hommes portaient tous des costumes bien taillés dans des styles très conservateurs. Ondrej passa le doigt sur sa cravate violette de façon empruntée.

— Archie Katsaros ! dit un homme blond. Je suis si content que vous ayez pu venir.

— Merci de m'avoir invité. De nous avoir invités, dit Archie en faisant un geste vers Ondrej. Voici mon mari, Ondrej.

Cela semblait naturel d'entendre ça. Il était le mari d'Archie dans tous les sens du terme maintenant, semblerait-il. Il tendit la main et fit la connaissance de Steve Sharp, le banquier qu'Archie avait rencontré quelques jours auparavant.

Ondrej connaissait cette foule, même si elle était pleine d'étrangers. Il avait assisté à des fêtes comme celle-ci avec sa grand-mère. Il savait comment se comporter, comment agir comme s'il était ravi de rencontrer toutes ces personnes terriblement ennuyeuses, comment manger gracieusement. Il passa un bras autour de celui d'Archie et fut gentil avec les Un Pour Cent de New York.

Steve Sharp s'arrangea même pour qu'Archie et Davis Morgan soient assis l'un à coté de l'autre au dîner. Ondrej était assis de l'autre côté d'Archie et essayait d'entendre la conversation, même si la femme à côté de lui, l'épouse d'un gérant de fonds spéculatifs, ne cessait d'essayer de l'engager dans des banalités, surtout sur la mode, comme si le simple fait qu'Ondrej soit gay faisait de lui un expert.

Archie disait :

— Nous avions ce cours ensemble en troisième. Littérature américaine, je crois.

— Bien sûr, bien sûr. Je me souviens maintenant. Est-ce que tu avais les cheveux plus longs au lycée ?

— En effet, oui. C'était ma petite rébellion, me faire pousser les cheveux.

Archie balaya sa coiffure plus professionnelle.

Davis Morgan émit un petit rire.

— Certains gamins se font des piercings, des tatouages ou fument de l'herbe. Toi, tu t'es fait pousser les cheveux.

— Mon père détestait vraiment ça.

— Oh, mais ce cours. Mme Pfeiffer, c'est ça ?

Ils digressèrent à propos des professeurs qu'ils détestaient à l'école. L'aisance de leur conversation semblait bon signe. Discuter de leur histoire commune en tant que fils de l'élite de New York, qui étaient allés dans une école huppée ensemble, était un bon moyen de gagner la sympathie de Davis Morgan pour la cause.

— J'ai acheté ça en rayon, dit la femme assise à côté d'Ondrej. Et cette couleur avait la cote sur les podiums de printemps. Elle n'est pas vraiment saumon, n'est-ce-pas ? C'est plutôt un rose plus foncé.

— Uh-huh, dit Ondrej.

— J'ai entendu dire que Katsaros était derrière le projet de stade des Eagles, dit Morgan, et Ondrej se pencha plus près d'Archie pour écouter.

Celui-ci attrapa sa main sous la table.

— Oui. Provisoirement, on dirait que la Pinnacle Bank va acheter les droits d'appellation, en supposant que mon conseil l'approuve et que l'accord soit conclu.

— Ah, oui. Steve l'a mentionné. Il aime bien mettre le nom de sa société partout. Parle-moi des plans que tu as pour l'instant.

C'était comme si Morgan avait ouvert la porte juste pour Archie.

Il avait répété ce discours en particulier avec Ondrej de nombreuses fois. L'argumentaire pour le stade était pour lui pratiquement une science exacte. Il pouvait énoncer l'information de manière concise, expliquant la capacité d'accueil, la superficie, le logement à prix abordable et le plan pour transformer le terrain que l'ancien stade occupait actuellement en un parc avec un énorme centre de loisirs pour aider les enfants du voisinage.

Morgan hocha la tête.

— Ça me plaît. Je l'admets, j'ai mis un peu d'argent dans le Barclays Center. Ça m'a inquiété pendant un moment, pensant que je ne le reverrais jamais, mais le retour sur mon investissement a déjoué les pronostics jusqu'à présent. J'espérais qu'un projet similaire se présenterait. Je ne peux pas te faire de promesse sous l'influence de ce bon vin, mais j'aimerais te revoir pour en discuter davantage si tu y es favorable.

— Absolument, dit Archie, ne trahissant rien de la joie qu'il devait ressentir d'avoir accompli sa mission.

Ondrej lui étreignit la main.

Après le repas, tout le monde se déplaça vers une salle de réception dans un autre endroit du club où des cocktails d'après-dîner les attendaient, ils se séparèrent et se mêlèrent donc à ceux rassemblés. Ondrej n'était pas très intéressé par des banalités avec cette foule, mais il savait suffisamment bien comment jouer le jeu, il prit donc le rôle de l'époux étranger aux yeux écarquillés qui était encore un peu confus par la manière dont les choses fonctionnaient en Amérique, et tous ceux à qui il parla le gobèrent.

Il fut soulagé quand la foule commença à diminuer et qu'Archie déclara qu'il était presque temps de partir.

Un peu plus tard, alors qu'il se glissaient à l'arrière d'un taxi, Archie lui dit :

— Je suis stupéfait que ça se soit aussi bien passé.

— Je suis content que ça fonctionne pour toi.

— Pour nous, dit Archie. Je fais ça pour nous, tu sais. Je veux bâtir ce projet, ne te méprends pas, et je le veux depuis bien avant que je ne te rencontre. Mais m'assurer que nous ayons un futur, et que je ne fasse pas faillite… c'est plus important pour moi maintenant. Je veux que notre relation ait une fondation solide, à la fois émotionnellement et financièrement.

Ondrej se pencha et l'embrassa sur la joue.

Le taxi les déposa devant la maison. Archie monta les deux premières marches vers le perron puis se retourna et regarda Ondrej.

— Je viens d'avoir une idée folle.

Ondrej se mit à rire.

— Quoi ?

— Nous sommes mariés depuis, quoi, presque trois mois ?

— Oui.

— Et si, lors de notre premier anniversaire, nous envoyions un gros allez-vous-faire-foutre à l'USCIS et renouvelions nos vœux.

— De quoi parles-tu ?

Le rythme du cœur d'Ondrej s'emballa.

Archie redescendit les marches en trottinant et prit ses deux mains dans les siennes. Il croisa le regard d'Ondrej, et ses yeux étincelaient dans le brouillard jaune venant des réverbères.

— Nous avons à peine eu un mariage, et nous n'avons pas eu de réception. Je ne sais pas comment ils font les choses en République Tchèque, mais ici, surtout pour les gens avec de l'argent, nous avons des mariages déments, énormes et ostentatoires. Alors, faisons-le. Faisons une grosse réception de mariage folle pour montrer à tout le monde que nous sommes vraiment amoureux.

Ondrej se mit à rire et secoua la tête.

— Ce serait un gâchis d'argent, Archie. Je n'ai pas besoin d'un grand mariage.

— Je sais. Moi non plus. Je t'aime, et je te crois quand tu me dis que tu m'aimes. J'ai juste pensé… D'accord, rien d'ostentatoire. Mais peut-être que nous devrions organiser une fête. Faire une petite cérémonie. C'est dans plusieurs mois, donc nous avons le temps de prévoir, j'ai juste… (Il soupira et leva les yeux vers les étoiles.) Nous avons fait ça à l'envers. À notre vrai mariage, nous nous connaissions à peine, mais maintenant ce n'est plus le cas. Je veux le refaire, et je veux qu'il soit préparé comme il faut cette fois. Qu'en dis-tu ?

— Tu veux renouveler nos vœux ? Et faire une belle réception ?

Ce n'était pas qu'il ne voulait pas organiser une grande fête pour célébrer leur mariage – Ondrej le voulait plutôt, en fait – mais étant donné leur situation financière actuelle, cela lui semblait une très mauvaise idée. Mais le pratique et l'émotionnel se firent la guerre un moment alors qu'il découvrait ce qu'il aurait souhaité si l'argent n'était pas un obstacle.

— Ça n'a pas besoin d'être sophistiqué, dit Archie. Ce devra être une célébration, oui, mais évidemment nous ne ferons pas sauter la banque en l'organisant. Nous pourrions la faire à la maison, faire une liste juste pour nos vrais amis et non pas pour la moitié de New York.

— Donc une célébration modeste ?

— Tout ce que tu veux, Ondrej.

Archie lui étreignit les mains.

— Est-ce que tu… me demandes en mariage ?

Archie lui adressa un sourire resplendissant.

— Je suppose que oui. Ondrej Kovac, veux-tu te remarier avec moi ?

Il se mit à rire.

— Bien sûr, Archie.

Ce dernier le serra dans ses bras et l'embrassa rapidement sur les lèvres.

— Je t'aime, Ondrej. Tellement.

— Je t'aime aussi.

Épilogue

AMY tripotait la cravate d'Ondrej alors qu'ils se tenaient dans son ancienne chambre dans la maison qu'il partageait avec Archie. La pièce était redevenue une chambre d'ami, même si Ondrej gardait encore ses vêtements hors saison dans le placard. C'était actuellement un endroit idéal pour se cacher avant d'être vu par la foule qui se rassemblait en bas.

— As-tu vu l'article de Priscilla Zimmer ? demanda Ondrej. Elle a décidé que cette cérémonie de renouvellement des vœux n'est que pour le spectacle, et le fait que nous la fassions est un signe que notre mariage est en difficulté.

Amy recula et admira son œuvre.

— C'est n'importe quoi, tu sais.

— Je le sais. Mais je me demande si la société de New York pense la même chose. Probablement. Personne ne croit que les intentions des gens sont vraies.

— Qui s'en soucie ? Tu aimes Archie. Vous renouvelez vos vœux parce que vous étiez trop occupés pour avoir un mariage correct quand vous vous êtes mariés. Ce n'est pas comme si l'opinion publique allait vous séparer.

— C'est vrai.

— Au moins, ils ne pensent plus que c'est un mariage blanc. Je n'ai pas vu Zimmer le mentionner depuis des semaines.

— Tu lis les tabloïds people ?

Amy haussa les épaules et tripota les revers d'Ondrej.

— Je suppose que tu as l'air acceptable.

Il se mit à rire.

— Merci.

— Tu sais que tu es un homme très beau et qu'Archie a de la chance de t'avoir.

Ondrej sourit.

Ils avaient vidé une partie du bric-à-brac dans le grand salon et l'avaient mis en entrepôt pour pouvoir utiliser la pièce pour ce jour. Le plan était qu'Archie et Ondrej renouvellent leurs vœux devant la cheminée alors que tout le monde était assis dans des sièges confortables et les regardait, avant de se déplacer pour dîner dans la grande salle à manger. Archie semblait content d'utiliser les pièces de sa maison pour leur usage prévu au lieu de laisser les meubles pourrir.

Amy mena Ondrej dans le grand salon, où Archie les attendait déjà, resplendissant dans un costume gris clair. Il sourit.

La pièce n'était pas bondée, limitée seulement à leurs vrais amis. L'officiant dirigeant la cérémonie était le vieux pasteur de l'église dans laquelle Archie avait grandi. Quelques-uns des membres de sa famille éloignée, y compris Sam, Todd et sa filleule, était dans le groupe rassemblé. Ondrej aurait aimé pouvoir en dire autant, mais sa mère avait catégoriquement décliné l'invitation. Son père avait envoyé un cadeau et une jolie carte, ils faisaient donc des progrès, mais ils ne s'étaient pas encore complètement laissés convaincre. Peut-être qu'ils le feraient, mais il ne voulait pas compter là-dessus. Cela semblait exaspérer Archie que sa famille ne vienne pas, mais Ondrej n'avait pas été très surpris.

Ils prononcèrent donc leurs vœux, cette fois en se fixant mutuellement dans les yeux et en se tenant la main. C'était complètement différent du remplissage stérile de paperasse à l'hôtel de ville où ils s'étaient mariés. Maintenant, Ondrej promettait de donner entièrement son cœur à Archie, d'être avec lui dans les bons et les mauvais moments, de l'aimer alors qu'ils vieilliraient ensemble. Archie avait un faible sourire sur le visage et une larme à l'œil lorsqu'il répéta le même vœu. Quand ils s'embrassèrent, tout le monde se mit à applaudir.

— Je t'aime vraiment, dit Archie, serrant Ondrej étroitement. Plus aujourd'hui qu'hier.

— Je t'aime aussi. Je suis heureux que tu m'aies convaincu de faire ça.

Lors du dîner un peu plus tard, Archie fit tinter son verre avec un couteau et se leva.

— Tu fais ça à l'envers ! dit Amy. Vous êtes sensés vous embrasser quand nous faisons tinter nos verres.

— J'embrasserai avec joie mon mari toute la journée, dit Archie, mais avant cela, je veux annoncer quelque chose.

Tout le monde se tut.

— Je ne devais pas faire ça ici, mais je suis si excité que je ne veux pas attendre. Donc vous l'entendrez ici en premier. La ville a donné son feu vert au projet de stade des Eagles hier.

La foule se mit à applaudir. Cela avait pris du temps – arranger le financement, bien réussir la proposition, engager les bonnes personnes. Durant tous ces mois, Archie avait mené à terme ses plans avec Ondrej pour rendre la société plus efficace. Pour la première fois en deux ans, ils avaient fait des bénéfices lors du dernier trimestre, et Archie en était ravi. C'était un modeste profit, et ils étaient tout de même encore dans le rouge, mais il semblait que les choses allaient dans la bonne direction. Il avait même persuadé Dan Preston de revenir sur ses appels pour vendre des parties majeures de la société.

— En tout cas, je voulais tous vous souhaiter la bienvenue et vous remercier d'être là. Certains d'entre vous savent que le chemin qu'Ondrej et moi avons pris pour en arriver là n'était pas exactement la façon de faire habituelle, mais je ne pourrais pas être plus heureux, maintenant que nous sommes ici tous les deux.

Il se tourna et regarda Ondrej avec tant d'amour et d'affection dans les yeux que ce dernier en eut le souffle coupé.

Ondrej se leva donc également.

— Je suis heureux aussi, dit-il.

Archie lui prit la main et s'empara de son verre de champagne.

— Portons un toast. À un merveilleux avenir ensemble !

— À l'avenir ! répéta la foule.

Ondrej fit tinter son verre contre celui d'Archie, mais au lieu de boire le champagne, il l'embrassa. Parce que, contrairement à un an auparavant, le monde semblait plein de possibilités, surtout avec Archie à ses côtés.

Plus tard, après que les traiteurs eurent débarrassé le grand salon et tandis que les gens dansaient sur de la musique qu'Amy avait choisie pour l'occasion – de la musique pop pleine d'entrain au lieu d'un vieux jazz lent – Ondrej s'accrochait à Archie alors qu'ils dansaient ensemble. Il le tenait contre lui, posa le menton sur son épaule et respira son odeur.

Quand la musique ralentit, il lui dit :

— Quand tu t'es levé pendant le dîner, j'ai été inquiet pendant un instant que tu annonces à tout le monde l'autre nouvelle.

Archie soupira joyeusement.

— Non, pas encore. Je suis ravi que le stade ait obtenu le feu vert, mais je suis encore plus excité par l'autre truc, et je ne veux pas nous porter la poisse.

Ondrej pensa qu'il était étrange de faire allusion à l'enfant qu'ils étaient prêts à adopter comme « l'autre truc », mais il comprit la discrétion d'Archie quand Cathleen Brandt les interrompit en insistant pour qu'ils prennent une photo ensemble. Il était impossible de parler en privé dans un événement dans lequel ils étaient le centre de l'attention. Mais Ondrej partageait le sentiment d'Archie que d'avoir un enfant – ils savaient seulement que c'était un garçon et qu'il devait naître dans trois mois – était bien plus excitant. Leur contact à l'agence d'adoption leur avait dit de ne pas compter complètement dessus parce que les mères biologiques changeaient d'avis tout le temps, mais Ondrej sentait dans ses tripes que cela allait arriver. Il avait l'impression que sa vie entière se mettait en place.

Après qu'ils eurent posés pour les photos, Archie le ramena dans ses bras.

— Quand j'ai emménagé à New York, je voulais de l'aventure.

— Je sais.

— Ce n'était pas ce que j'imaginais, mais je suis excité de vivre cette aventure avec toi.

Archie lui sourit.

— Moi aussi.